Tiempo de México

Raúl Salinas y yo

Desventuras de una pasión

En primera persona

Raúl Salinas y yo
Desventuras de una pasión

∿

María Bernal

OCEANO

EDITOR: Rogelio Carvajal Dávila

RAÚL SALINAS Y YO
Desventuras de una pasión

© 2000, María Bernal

D.R. © EDITORIAL OCEANO DE MÉXICO, S.A. de C.V.
        Eugenio Sue 59, Colonia Chapultepec Polanco
        Miguel Hidalgo, Código Postal 11560, México, D.F.
        ☎ 5282 0082   🖅 5282 1944

TERCERA REIMPRESIÓN

ISBN 970-651-364-7

IMPRESO EN MÉXICO / PRINTED IN MEXICO

ÍNDICE

NOTA EDITORIAL

El sentimiento que más pasiones desencadena es el amor, y sobre todo el llamado "amor loco"; fue el tema favorito de los surrealistas, y ha estado presente en toda la literatura occidental, desde hace ocho siglos, hasta las más recientes obras maestras.

El amor obnubila, ciega, hace correr riesgos, conduce a la locura, al desenfreno, pone en peligro la estabilidad social, económica, incluso la mental; el enamorado reta, se enfrenta a todos, se enemista con los más cercanos, desecha consejos, conoce "la gloria y el infierno juntos".

Y cuando termina el periodo de intensidad lo sigue una reacción de la misma fuerza aunque en aparente dirección contraria.

Las páginas que conforman este libro nos narran una historia de amor entre María Bernal y Raúl Salinas de Gortari, que fue conocida por los lectores mexicanos cuando él fue acusado del asesinato de José Francisco Ruiz Massieu, y ambos protagonistas se enfrentaron en el juicio por este caso.

Las consecuencias fueron determinantes para ambos: ella se convirtió en una de las principales testigos contra él, pero también sufrió prisión y, sobre todo, los señalamientos del público, que sólo supieron de manera superficial la relación entre ellos.

Pero la historia es mucho más compleja; en la etapa más feliz de la pareja, no hay nadie más dichoso que ellos; se conocen cuando ambos viven momentos de fragilidad, y caen hechizados; ella, sobre todo, deja la comodidad y la seguridad familiar, la posición social de su natal Sevilla, incluso se aleja de su hija, para seguir al hombre que la colma de atenciones, que le telefonea a las horas más insospechadas, sólo para decirle que la extraña. Él arriesga su futuro político para estar con la que le tendió la mano cuando estaba desesperado.

11

Pero las circunstancias los ponen en posiciones irreconciliables, y ninguno puede contra el destino, como sucede en todas las historia de amor loco, que muy pocas veces tienen final feliz, porque los amantes caminan siempre al borde del abismo, y nunca miden las consecuencias. Así, un día María y Raúl ven truncadas sus esperanzas, y aunque intentan conservar su pasión, todo está contra ellos: el destino, la política, la demás gente.

Se quiera o no, los amantes se convierten en enemigos, tan apasionados como antes, y los lectores son testigos de la lucha entre ambos, que no se resignan a perder el amor, aunque todo se ponga en su contra; la fuerza con la que pelean contagia, y es imposible permanecer imparcial en esta confrontación en la que aparecen los signos contradictorios: el resentimiento, la crueldad, los reproches, todo lo que sucede en una historia de amor que se trunca, que no se desvanece con lentitud, como pasa en las historias cotidianas y vulgares, sino que de un momento a otro se vuelve negra cuando era luminosa.

Todo lo que la rodea (los acontecimientos políticos, la aparición de Paulina, las acusaciones, el juicio, la cárcel para ambos) es sólo anecdótico para la pareja, aunque sea determinante en la vida del país; lo que al final termina importando es lo otro, la pasión ciega, la entrega absoluta, la esperanza de prolongar eternamente un instante.

Este testimonio de una de la dos partes de esta historia hace que el lector tenga una visión diferente de acontecimientos que estremecieron la vida pública mexicana entre 1994 y 1997, y que no han terminado del todo; cuenta aspectos de la vida de uno de los hombres más poderosos del país, y revela entretelones de la política nacional y de muchos de sus protagonistas; suelta hilos sobre sucesos estremecedores, y da luz sobre aspectos que difícilmente conoceríamos de no ser porque María Bernal (una gitana, con todo lo que esta palabra, esta raza significan) no forma parte de esa vida pública, pero la describe con sinceridad absoluta porque la conoce muy de cerca, y aclara hechos que sólo habíamos entrevisto.

Pero sobre todo, es una historia de amor intenso y malogrado, como todos los amores célebres.

Nunca lo esperé, llegó a mi vida de repente, como suelen pasar los caprichos del destino. No sabía quién era ni de dónde venía. Apenas un simple deseo de ayudar y mi vida cambió totalmente. Luego vino la tempestad, el dolor y la experiencia más amarga de mi vida. Pero también llegó a mí un gran aprendizaje: México y su gente.

Valió la pena escribir este relato, ¡claro que sí! Porque quiero hablar de frente a los que deseen escucharme, para no sólo contar los detalles de mi relación con Raúl y todo lo que pude ver y oír en ese tiempo, sino también para que sepan realmente quién soy, quién es María Bernal como ser humano y como mujer.

El daño que me han hecho como mujer y como madre está ahí y no tiene remedio, pero debo una explicación a todos los que me recibieron en este hermoso país con los brazos abiertos, y que no se han dejado llevar por las mentiras y calumnias con las que se ha querido juzgar a mi persona, y que aunque así lo fuera, igual se interesaron en mí al tener este libro en sus manos y me están dando la oportunidad de dar a conocer mi testimonio. No me siento en deuda ni conmigo misma ni con mi familia; tan es así que las autoridades que ya me han juzgado dan testimonio de mi completa inocencia.

No busco defenderme ni me justifico, sólo hablo con la verdad de mi verdad: de las historias y los personajes que estuvieron muy cerca de mí a lo largo de este tiempo. Y de lo que yo viví circunstancialmente. Todo lo que pasó me pudo haber corrompido, sin embargo, no fue así. Porque tenía y tengo, gracias a Dios y a mis padres, valores y principios que nunca me hubieran dejado actuar de una manera que perjudicara a alguien, mucho menos a esta bendita tierra que hasta hoy me da trabajo y, sobre todo, me brinda el cariño y el apoyo de tantas personas.

Hoy no guardo ningún resentimiento hacia Raúl; apenas lo veo como un hombre víctima de su soberbia y egoísmo. Hoy sólo veo a un hombre ya lejano, que alguna vez quise pero que jamás amé; porque para amarse hay que hablar el mismo idioma, que es el de la verdad, y en la vida de ese hombre hubo muchas mentiras.

CÓMO NOS CONOCIMOS

Nunca hubiera imaginado cómo iba a cambiar mi vida desde aquel día en que en un encuentro de verdad extraño conocí a Raúl. La escena la recuerdo con fidelidad. Fue una mañana del mes de junio del año 1992, después de haber hecho mi acostumbrado recorrido por el Prado de San Sebastián, camino obligado para llegar a la boutique Enrico Vasatti, donde en ese tiempo trabajaba como colaboradora de una amiga de muchos años. En la calle de Sierpes se encontraban las mejores tiendas de ropa de Sevilla, la mayoría de marcas de prestigio internacional, como Escada, Adolfo Domínguez, Inés Ruiz y, por supuesto, Enrico Vasatti. Era éste un lugar de ropa de alta costura para caballero y donde los clientes eran muy exclusivos y recibían un trato de primera; no cualquiera podía entrar a mirar o a comprar.

Vestida con un traje negro de saco y pantalón, una pañoleta de verano, y el cabello suelto, ese día salí de casa más temprano que de costumbre. Sabía que habría más actividad en la tienda por los paseantes que llegaban a visitar la Expo Sevilla 92. Aun así, tuve tiempo suficiente para hacer un pequeño paseo y disfrutar de la frescura de los Jardines de Murillo que regaban todas las mañanas, y caminar con toda calma por las estrechas y antiguas calles del barrio de Santa Cruz, con sus viejos arcos, túneles y flores.

17

Me gustaba ver la Giralda desde el Patio de Banderas, que es un patio del Alcázar, residencia oficial de los reyes de España. Pasé a la catedral a dar gracias y me asomé al Patio de los Naranjos, donde casi siempre me encontraba a un grupo de gitanas preparándose para leer la buenaventura. Apresuré el paso hasta llegar a las calles de Sierpes y Rioja, ubicación de la prestigiada tienda, porque ese día me tocaba abrir sus puertas.

Desde la esquina de Rioja, vi que alguien estaba tumbado a la entrada de la boutique. Cuando me acerqué me di cuenta de que era un hombre y estaba ebrio. Llevaba un traje azul que no parecía de mala calidad, sin embargo, manchado éste por los estragos de una noche de juerga le daba a ese hombre un aspecto bastante deprimente. No era habitual encontrar personas en tales condiciones en esas calles de Sevilla. Existe la disposición de llamar en esos casos a la policía, pero no me animé a llamar ni al vigilante que hacía rondas por las tiendas. Este hombre tuvo suerte de que ese viglante no lo encontrara antes que yo.

Pensé que el sujeto se iría al verme, pero, al aproximarme, abrió los ojos y me miró con dificultad, al tiempo que me preguntaba mi nombre y me pedía que lo ayudara. Sorprendida y algo nerviosa, le dije que me llamaba María y le extendí la mano para que se levantara. Me dio las gracias llamándome por mi nombre; casi no podía sostenerse en pie. Abrí la puerta de la tienda y entré de inmediato a encender las luces y desactivar la alarma. Cuando di la vuelta, él ya se encontraba en el interior de la tienda, pidiéndome un vaso de agua. Nunca había visto beber tal cantidad de agua. Al terminar le ofrecí un poco de café y pasó al baño.

Permaneció luego un buen rato sentado en el recibidor de la entrada de la tienda. Se levantó y me pidió otra vez que lo dejara pasar al baño; se aseó; y cuando regresó tomó más agua. Estaba inquieto, cansado y muy deprimido. Sin explicarlo en detalle

18

me contó que había tenido un problema matrimonial, que lo había dejado su mujer, y que era por eso que había pasado la noche bebiendo, y aparecido en la calle.

Mientras tanto nadie más entró a la tienda; nunca tuve miedo de él, sentía sólo preocupación por la llegada, de un momento a otro, de mi amiga: yo bien sabía de la regla de no atender a personas en estado inconveniente. No obstante, yo pensaba únicamente en ayudarlo y en ahorrarle un mal momento con la policía. Para mí era un encuentro meramente circunstancial, en el que tenía la oportunidad de ayudar a una persona en problemas.

Siguió todavía un buen rato en la tienda; quería reponerse porque tenía que regresar ese mismo día a México en el vuelo de las tres de la tarde, y el viaje era bastante largo y cansado. Me confesó que estaba desesperado, confundido y muy apenado. Por mi parte, me atreví a decirle que no se preocupara, que tratara de estar tranquilo, que después vería las cosas con más calma y que pensara en la posibilidad de una nueva pareja y otro matrimonio; aclaró que se estaba divorciando, y que la mujer con la que había discutido era su amante y no su esposa. Mencionó luego que el nombre de aquella mujer era Margarita Nava, y que la relación siempre había sido muy tormentosa.

Ya un poco más tranquilo y medio aliñado comentó que quería comprarse un traje, que el que llevaba estaba muy maltratado. Entonces le pregunté que más o menos de qué precio, pues ahí el traje más barato era de mil dólares; me respondió que no me preocupara por eso, que él era multimillonario. Escogió todo un cambio de ropa y zapatos a su medida; se cambió y su aspecto se transformó. Sin embargo, su rostro todavía mostraba las huellas de la resaca.

Para pagar me dio una tarjeta Visa de Oro. Aunque esto de alguna manera confirmaba lo dicho respecto a su privilegiada si-

19

tuación económica, al mismo tiempo provocó en mí desconfianza, porque se me hacía difícil creer que un hombre de tal condición pudiera haber pasado por una situación tan bochornosa. De cualquier manera, tampoco me pareció un ladrón o un vil estafador. Para entonces ya poco me importaba, lo único que quería era que se marchara.

Cuando se percató de mi impaciencia, tuve que explicarle el riesgo que yo corría al atenderlo, porque él estaba tomado. Seguro de sí mismo me dijo que no me preocupara, que sus intenciones no eran perjudicar a nadie y mucho menos a mí. Para demostrarlo, antes de despedirse me dio su nombre completo y su número telefónico en la ciudad de México. Luego insistió en que le diera mi nombre y le dijera dónde podría localizarme después, porque tenía interés en corresponder a mis atenciones. Siempre he sido una persona muy sociable y me gusta tener amigos y conocer otros nuevos; también tengo la cualidad o "manía", como se le quiera llamar, de saber escuchar, tanto que ya llevaba un largo rato escuchando a un hombre que no sabía ni quién era y del que ni imaginaba la trascendencia que iba a tener en mi vida.

Ya más tranquila platicamos un rato. Le comenté que me acababa de divorciar y que quizá estábamos pasando por una situación similar, pero que no se debía perder la dignidad por nada ni por nadie. Por fin se despidió de manera cordial y agradecida, pero poco antes de que saliera de la tienda, sucedió lo que tanto había temido: llegó Ángela Troya, mi amiga, y sólo bastó que pusiera un pie en el lugar para que se diera cuenta de la situación. Su sola expresión me hizo saber que habría problemas, pero lo hecho, hecho estaba.

Cuando Ángela empezó a interrogarme acerca de la presencia de aquel hombre, éste regresó al cabo de unos minutos de haberse ido: no podía soportar la luz del sol y quería comprar-

20

se unas gafas oscuras. Se dio cuenta de que discutíamos, y cuando nuestras miradas se cruzaron, con un gesto me preguntó qué pasaba; a lo lejos le hice señas de que tenía problemas. De nueva cuenta estuvimos frente a frente y me dijo que no me preocupara, que era mi ángel de la guarda, y me volvió a dejar sus datos detalladamente: el teléfono de su oficina, el de su casa, el de su secretaria particular y dos celulares.

Ese mismo día, después de lo acontecido, la empleada de la boutique de enfrente, que se había dado cuenta de todo, llegó hasta la tienda y me dijo que ese hombre un día antes había gastado dos millones de pesetas en ropa para mujer. Me preguntó que cuál era su nombre y yo muy segura le contesté que Raúl Salinas de Gortari, pues era el que tenía la tarjeta de crédito y el que me había dado. Al escuchar el nombre, la mujer estuvo a punto de perder el sentido porque a ella le había pagado con otra tarjeta y con un nombre diferente. Desesperada, me siguió contando que la tarjeta de crédito con la que había liquidado su compra tenía el nombre de Juan Guillermo Gómez Gutiérrez. Ante la preocupación, decidimos pedir informes acerca de las tarjetas de crédito. Nos sentimos más tranquilas cuando nos respondieron que en las operaciones que se realizaron no había problemas, que efectivamente correspondían a esas dos personas y que tenían fondos suficientes para cubrir el importe. Yo no le di importancia al hecho y pensé que la mujer se había equivocado. Tiempo después sabría que aquello no había sido un error.

El suceso causó expectación entre las empleadas y propietarias de los negocios contiguos. Más tarde, de la tienda de al lado, se presentó ante mí la hija de la propietaria de la boutique Inés Ruiz, quien había llegado de Washington a visitar a sus familiares. Quería saber en qué había terminado todo aquello. Cuando escuchó el nombre de Raúl Salinas de Gortari me comentó que

21

ese nombre le era muy familiar; después de pensar un rato dijo que se trataba de un funcionario importante de México y que, al parecer, era el presidente.

Yo no tenía información al respecto, para mí era un hombre común con un problema de amor y de copas. Además, cuando el supuesto Salinas de Gortari se encontraba en la tienda, nunca hizo ninguna referencia a que él fuera el presidente de México, o que tuviera alguna relación laboral o familiar con éste, ni siquiera de que fuera político. Conforme continuaba la plática, la muchacha insistía en que casi estaba segura de que era el presidente, pues en varias ocasiones había leído y escuchado ese nombre en los medios de información.

Le dije que estaba equivocada, porque una personalidad de esa magnitud no podía haber vivido una circunstancia tan lamentable como la de ese sujeto. Fue tanta su curiosidad que estuvimos viendo algunas fotografías de periódicos y revistas; en una de ellas aparecía Carlos Salinas de Gortari con el cargo de presidente de la República mexicana, y casi de inmediato le contesté que él no era, pero que sí había algún parecido. De ahí surgió mi duda sobre la identidad de ese hombre que, al parecer, era un familiar muy cercano del presidente de México.

Un mes después, terminó mi relación de trabajo con Ángela, pues las dos teníamos otros planes: ella traspasaría la tienda y yo instalaría mi propia boutique en sociedad con una prima.

Pero así fue como conocí a Raúl. Así comenzó una larga y cruda historia; y éste fue el primer aviso de lo que vendría poco tiempo después.

Mi vida antes de Raúl

Yo, María Bernal Romero, soy sevillana por los cuatro costados. La región más grande de Andalucía ha visto nacer a grandes poetas, pintores, toreros, cantaores y bailaores de flamenco. Tuve la gracia de nacer ahí un miércoles 9 de mayo de 1962 a las cinco de la tarde —hora taurina en toda España—, en el hospital del Barrio del Águila. Soy hija de Joaquín Bernal García y María Teresa Romero Martín, bello y tradicional matrimonio, con una situación económica estable. Tengo dos hermanas, Josefina, que de cariño siempre hemos llamado Pepi, y es la mayor, y Consolación, diez años menor que yo y la más pequeña de la familia.

Mi padre, empresario industrial maderero, a lo largo de toda su vida productiva se dedicó a transformar la madera, para realizar piezas preciosas que adornaran por dentro y por fuera las casas más hermosas de Sevilla. Lo amo profundamente y llevo dentro de mí su imagen: fuerte, idealista y perseverante en todo lo que se propone. Recio en la disciplina con la que nos educó, también fue tierno y protector con sus hijas, tan amadas por él.

Mi madre, educadora de profesión, es una mujer inteligente, con una gran sensibilidad y fortaleza, cualidades que me han servido de ejemplo toda la vida. Enérgica en los quehaceres cotidianos, rodeada de orden y pulcritud, la recuerdo en aquellas pequeñas fiestas familiares en las que siempre terminaba tocando el piano y cantando zarzuela, colmada de felicidad. Otras veces, cuando las presiones cotidianas eran agobiantes, solía refugiarse horas enteras en su estudio acompañada de un buen libro, pues su pasión era la lectura. Para mi espíritu rebelde ella fue una presencia vital en mi desarrollo, sobre todo por las innumerables charlas que tenía conmigo sobre su experiencia adquirida a través de los años.

Mi padre y mi madre nos inculcaron los valores fundamentales de la vida: el amor, el trabajo, la humildad y la genero-

23

sidad. La paz y la armonía con la que llenaron su hogar, fue y es el ejemplo del amor y de la fortaleza que más recuerdo.

Mis abuelos paternos murieron cuando yo era todavía muy pequeña. De mis abuelos maternos tengo muy gratos recuerdos y guardo en mi corazón un especial cariño hacia su figura. Gracias a ellos tuve la dicha y la buenaventura de gozar de bienes materiales, que si bien nunca fueron el eje de nuestra vida ni así nos lo hicieron sentir, sí significaban un disfrute en aquellos largos veranos que pasábamos en su compañía. En sus bellas haciendas y casas, pasé temporadas de lo más felices de mi vida. Su riqueza era mayor espiritualmente, y su gran ejemplo fue la disciplina férrea en todos los aspectos de la vida, y el cuidado y el respeto por la naturaleza. Con ellos compartí mi gran afición por la fiesta taurina. Nuestro torero favorito era Curro Romero; mejor dicho, toda Sevilla es currista. Para mí verlo torear significaba una ceremonia ritual del hombre frente a la bestia y de las diversas implicaciones que ello representaba, desde la más primitiva hasta la más civilizada.

De la época de mi infancia lo que recuerdo con más emoción es la hacienda de mis abuelos llamada Las Marismas. En aquella finca gocé de las grandes extensiones de verdes olivos, naranjos, huertas de remolacha, árboles frutales y, principalmente, de grandes recorridos, la mayoría de las veces montada sobre una bicicleta o en el jeep con el capataz, para llegar a la vega, que era una extensión muy grande de terreno precioso y fértil, donde también estaba la huerta, una casita y la alberca para el regadío.

En ese lugar hurgué en todos los espacios posibles. La tarea de esas travesías en cada resquicio de la finca se traducía en encontrar una explicación a mi entorno; descubrí que la fascinación por lo místico se convertiría en parte fundamental de mi personalidad y de mi espiritualidad. Y fue en esas largas tempo-

24

radas que pasaba en la finca, donde tuve mi primer contacto con la raza gitana, sus leyendas, y el misticismo que guarda la baraja española.

Un día a la salida de la huerta, mi prima Rosalía y yo escuchamos como la algarabía de una fiesta; ya sabía que desde hacía días había llegado a las cercanías de la hacienda una caravana de gitanos. A pesar de las muchas advertencias que nos habían hecho con respecto de no acercarnos a los gitanos, nuestro deseo por conocer cómo eran y qué hacían, era mayor que todos los temores que nos habían infundido.

Al merodear por los alrededores, alguien nos llamó. Descubrimos que era una mujer guapa, morena, de un moreno aceitunado, peinada hacia atrás y de cabello largo. Sus ojos eran grandes, negros y penetrantes; su nariz respingada armonizaba con su boca y su sonrisa cálida. Llevaba unos pendientes de coral y oro, que casi le llegaban hasta los hombros, que los cubría un mantón con largos flecos de color púrpura. Tenía puesta una falda larga negra y unos botines del mismo color. Su presencia, más que miedo, nos inspiró confianza. Nos extendió la mano y con mucha gracia nos pidió algo de fruta de la huerta; le ayudamos a cortarla al tiempo que nos platicaba que en la caravana había muchos niños que deseaban comerla. Fui yo quien le preguntó si era gitana. Ella me respondió que lo era igual que yo. Rosalía, con voz temerosa, le dijo que si nos iba a robar, la mujer le contestó que no dañaría a las niñas que le habían dado fruta para sus hijos.

Cuando nos acercamos al campamento todo era bullicio. Me sorprendieron las grandes carretas que parecían enormes casas montadas sobre ruedas y formaban un círculo. A la cabeza de la caravana estaba un hombre ya viejo rodeado de jóvenes. Hacia él nos dirigió una mujer, y al acercarnos me impresionó su aspecto. Reflejaba una profunda tranquilidad; era un hombre alto, fuerte y llevaba puesto un sombrero. Parecía el jefe de todos ellos pues llevaba un bastón al que de la parte superior le colgaba un cascabel, que sonaba a cada movimiento de su cuerpo. Cuando llegamos junto a él dijo: "Acércate sin temor alguno: ésta es tu raza, reconócela como tuya". Al pronunciar estas palabras no sabíamos a quién se dirigía, si a Rosalía o a mí. Mi prima no dio ni un paso y yo sí me acerqué, pero cuando miré hacia atrás, ella ya se había ido. El viejo patriarca con voz parsimoniosa y gruesa me invitó a jugar con los niños, pero antes me sacudió las plantas de los pies. Tiempo después me enteré de que ése era un rito gitano que significaba el reconocimiento de un miembro de su raza.

Todos correteábamos alegremente, parecía que nos conocíamos desde hacía mucho tiempo, nuestra simpatía fue inmediata. De pronto se acercó una mujer y nos dijo que nos laváramos las manos, señalando unas palanganas que ocupaban para asearse, y luego nos llevó a una especie de tienda de campaña hecha con mantas. En su interior abundaban pieles de cabra y de ovejas que eran usadas como tapetes. Sin saber cuál era el motivo por el que estábamos ahí nos sentamos. Una mujer regordeta que se encontraba en la tienda sacó de entre sus ropas un manojo de cartas que vi por primera vez y que desde ese momento quise tener como mías. Las colocó ordenadamente y a la manera en que ella sólo sabía, sobre una vieja mesa de madera, luego cerró los ojos y respiró profundamente para después lanzar el aire hacia las cartas.

Conforme las mostraba nos iba diciendo la historia que encerraba cada una de ellas. Perdí la noción del tiempo porque en esos momentos me sentía como parte del grupo; sólo quería escuchar a la gitana y deseaba fervientemente que nunca terminara aquella experiencia. Los demás niños, acostumbrados a escuchar las fantásticas y emotivas historias que contaba la mujer, estaban tan atentos como yo. Mientras dejaba volar mi imaginación, mis ojos atrapaban cada movimiento que hacían las manos de la gitana y mi mente sólo se concentraba en grabar cada una de las historias.

Más tarde fue esa mujer la que me regresó a las puertas de la hacienda. Al entrar, mis padres y mis abuelos me regañaron con severidad. Sin embargo, varios días más los fui a visitar con la misma curiosidad del primer día. Una noche la gitana, que por ironías de la vida también se llamaba María, llegó a regalarme sus cartas y me dijo que se marcharían, pero prometió que nos volveríamos a ver el verano siguiente. Aún recuerdo vivamente las encontradas emociones que se despertaron en mí: la dicha de tener las cartas en mis manos, y luego la inmensa tristeza que me invadió por su partida. Estos acontecimientos marcaron una etapa de enseñanza muy grande en mi vida. Sin embargo, tan niña como era, no vislumbré que mi suerte estaba echada más allá del Atlántico, más allá de una ciudad andaluza.

Por otro lado, mi comportamiento en la escuela fue como el de cualquier otra niña de mi edad. Tal vez un poco más inquieta y rebelde. La precocidad me llevó siempre a saber más de la cuenta, a hurgar y descubrir y, por supuesto, a encontrar. Alcanzar los objetivos más difíciles era para mí un triunfo personal. En el fondo de mi corazón, desde niña siempre tuve el deseo vehemente de ser independiente. Diferentes en la forma de ver y vivir el mundo, pero muy afines en espíritu, mis hermanas y yo tuvimos una estrecha relación afectiva. Por la diferencia de edades, no disfruté mucho en ese tiempo de mi hermana Consolación, pero sí he tenido la satisfacción de saber que cada una ha decidido su vida y sus sueños con plena libertad.

Cuando terminé mis estudios en el colegio de monjas del Sagrado Corazón de Jesús, ya había cumplido 14 años. Después

27

ingresé a la escuela Cristóbal de Monroy donde realicé el sistema de Bachiller Unificado Polivalente, equivalente a la secundaria, y por último, cursé la preparatoria. Concluí la educación media superior a los 18 años.

Y fue precisamente en ese tiempo cuando, en una exposición de pintura de la galería Van Gogh, en Sevilla, conocí al artista expositor, José Manuel Jaime, me enamoré y me casé siendo muy joven, en el año de 1980. Economista, banquero y de posición económica alta, una de sus pasiones era el arte. En su haber tarea como pintor y escultor logró que sus trabajos fueran expuestos en galerías de renombre. Físicamente muy atractivo y dieciocho años mayor que yo, llegó a mi vida cuando deseaba ser independiente a toda costa, y se inició una etapa de más de diez años a su lado, tiempo en el que maduré como mujer.

Desde el principio de nuestra relación él siempre luchó por dominar el espíritu independiente que me gobernaba. Pero el gran amor que sentía y la poca experiencia que tenía, no me dejaron ver bien las cosas, y el tiempo transcurrido a su lado pasó como un sueño.

Por sus importantes actividades profesionales viajamos por toda Europa. Luego decidimos radicar en Madrid por los mismos motivos y también con la finalidad de continuar con mi desarrollo profesional. Tuve su apoyo para seguir con mis estudios; realicé una maestría de Relaciones Públicas y al mismo tiempo hice la carrera de sobrecargo en el Colegio Tierno Galván, en Madrid.

Vivíamos muy bien; teníamos una hermosa casa en uno de los barrios más elegantes de aquella ciudad, y regularmente acudíamos a cenas de negocios y a reuniones con artistas, intelectuales y amigos. Mientras fui estudiante todo marchaba sobre ruedas; las cosas empezaron a cambiar drásticamente a partir de mi incorporación al trabajo, es decir, en el momento en que empecé a realizarme profesionalmente y tuve mis propias ocupaciones y gustos.

Una de mis inquietudes más grandes era la moda. Mi madre fue el mayor ejemplo de buen gusto en el vestir, así como mis tías y primas. Por ese motivo, un año antes de embarazarme, decidí abrir una boutique en Madrid. Viajaba a París, Roma, Milán, Londres y Lisboa, para elegir los diseños más exclusivos y elegantes. Comencé a ir a los desfiles de modas que se celebraban en Barcelona y Madrid, como el de Pasarela Cibeles, uno de los actos más importantes en su tipo. Yo me encargaba también de la administración de la tienda y tenía la colaboración de tres empleadas, aunque cuando se trataba de clientas exclusivas, las atendía personalmente. Tuve mucho éxito. Acudían a la boutique importantes figuras españolas, entre ellas Paloma San Basilio, artista con la cual me une buena amistad.

Por nuevos proyectos de trabajo nos fuimos a la ciudad de Guadalajara, que se encuentra a cuarenta minutos, aproximadamente, de Madrid. Ahí puse otra boutique ya estando embarazada; sin embargo, por el agitado ritmo de vida que llevaba tomé la decisión de traspasar la tienda de Madrid. Luego abrí otra boutique en Guadalajara y además me incorporé como socia a una exitosa inmobiliaria. Siempre he sido una mujer dinámica, y en aquel tiempo me sentía satisfecha con mis actividades como empresaria.

Poco tiempo después nació nuestra hija Leticia, que en latín significa alegría; efectivamente, como su nombre lo dice, esa pequeña es hasta ahora la alegría de mi vida. Con su llegada viví una etapa maravillosa como madre y mujer; sentía que mi matrimonio era feliz y perfecto. Sin embargo, como pasa con muchas parejas, nuestra relación se fue deteriorando y sus celos y posesividad se volvieron insoportables.

29

Nos divorciamos en febrero de 1992; yo vendí las tiendas y regresé a Sevilla. Emprendí una nueva vida con muchos planes en mente. Ocupé el departamento que había comprado años atrás en la calle del Marqués del Nervión, pero muchos días los pasaba a gusto en casa de mis padres con mi hija; no tenía ninguna presión, era algo maravilloso. Me dedicaba al trabajo, a estar con Leticia y a pasar buenos ratos en mi tiempo libre. Tenía solvencia económica para establecer mi propio negocio pero por la celebración de la Expo Sevilla 92 decidí esperar y colaborar con unos amigos en un negocio de modas.

Ésa fue mi vida antes de Raúl, treinta años de una vida normal, con altibajos, con alegrías y penas, pero siempre con las bases firmes de mi familia, el gran amor que nos expresábamos y la seguridad de que jamás se romperán los lazos fraternos que nos unen. Una vida que, sin embargo, se desvaneció en sólo dos años de estar al lado de Raúl; fue como si hubiera vivido otros treinta años, pero de tristezas y sinsabores y con la impotencia de estar estúpidamente involucrada en un drama del que siempre me he sentido libre de culpa.

Hasta el día de hoy mi padre, que está retirado, tiene tiempo para estar conmigo. Lo más hermoso es que él me sigue viendo igual, sin censuras, sin juicios crueles. Es un hombre que jamás se ha estancado en la ortodoxia de los tiempos. Él ha vivido a la par de sus hijas, evolucionando, gracias a su sabiduría y al amor que nos tiene. Jamás ha dejado de sorprenderme la forma en que me hace reflexionar sobre mis propios errores. Tiene una filosofía muy personal en la que cree que el ser humano, para llamarse realmente humano, tiene que tener tres principios básicos: conciencia, inteligencia y voluntad. Rechaza la vanidad, la soberbia y el egoísmo. Pero si continuara hablando de mi padre, no acabaría...

30

Amo y admiro a mi madre y, aunque estemos alejadas por la distancia, sus palabras me han sostenido para seguir adelante. Su alegría y sensatez, el ejemplo con el que ha marcado mi vida, no me permite derrotarme ni amargarme por las cosas que han pasado. Cómo me gustaría que, con el tiempo, me pudiera mirar en el mismo espejo. Vive rodeada del cariño de hijas, nietos, yernos y primos, de todos los familiares y amigos que tienen el privilegio de gozar su presencia. Creo que me dirijo hacia ese camino y le doy gracias a Dios y a ella por sus bendiciones.

El cortejo del lobo

Dos días después de haber conocido a Raúl Salinas de Gortari, él me llamó por teléfono para saber qué había pasado conmigo y para agradecerme lo que había hecho para ayudarlo. A partir de entonces sus llamadas fueron frecuentes. Pero para mí eran sólo eso, llamadas; aunque también significaban descubrir una nueva manera de ser de las personas, mucho más cálida que la que se acostumbra en España, y en general en Europa. Me pareció que conocer a un mexicano era algo diferente y agradable; hacía tanto tiempo que... ningún hombre me decía una palabra afectuosa. Raúl también comenzó a enviarme ramos de flores, tarjetas y otros regalos; me sentía halagada pero también algo rara, como la protagonista de un cuento del que no se sabe si tendrá un final feliz.

Tal como me lo dijo desde el día que nos encontramos, en una de esas llamadas telefónicas me insistió en que pronto tendríamos la oportunidad de vernos de nuevo, pero ya en otras circunstancias. Nunca me preguntó si a mí me gustaría verlo, era algo que simplemente él daba por hecho.

A pesar de que recibía sus llamadas y atenciones no pasó

31

por mi mente la idea de entablar una relación más seria. Nunca he sido materialista y no tengo como principio valorar a las personas por el oro que las cubre. Y hasta ese momento Raúl era alguien conocido que venía de una tierra lejana que no tenía la fortuna de conocer.

Sin embargo, me tenía realmente intrigada su manera tan delicada de hablarme y de tratarme; no eran para nada las frías conversaciones telefónicas a las que estaba acostumbrada. Raúl me hablaba con un tono dulce y atento, siempre al pendiente de los detalles que me hicieran sentir confianza en su persona. Y su voz se fue convirtiendo poco a poco en un amable saludo para comenzar el día; los ramos de flores que enviaba adornaban e impregnaban con su aroma mi cuarto, y, de alguna manera, muy sutilmente, me hacían sentir su presencia. Raúl estaba cerca, muy cerca.

El segundo encuentro

Había pasado un mes desde nuestro encuentro cuando recibí una llamada telefónica de su asistente personal, Ofelia Calvo Adame. Me dijo que Raúl quería que los acompañara el tiempo que permanecerían en Barcelona en agradecimiento a las atenciones que yo había tenido con él. El 25 de julio de 1992 era la inauguración de los juegos y ella —Ofelia— y los hermanos de Raúl —Adriana, Enrique y Sergio— ya estaban en Sevilla. Por su lado, ya Raúl se encontraba en Barcelona en compañía de su hermano Carlos; me llamó él también, personalmente, para suplicarme que por ningún motivo rechazara su invitación.

Al principio todo eso me pareció una locura pero la insistencia fue tanta que finalmente acepté. No tenía, me dije, nada que perder. Pensé que ya era una mujer adulta, y libre; que podría conocer nuevas personas, que tendría nuevas experiencias. ¡Qué podía tener aquello de malo! Pero mi madre puso el grito en el cielo; no obstante, me vio tan segura de mi decisión que no tuvo otro remedio que poner a su hija en las manos de Dios, y decirme una vez más que confiaba en mí.

Ofelia, como me lo había asegurado, llegó a mi casa con los boletos de avión y lista para partir conmigo rumbo a Barcelona esa misma tarde. Se presentó con amabilidad como la secretaria privada de Raúl, y no dejó de decirnos a mí y a mi madre lo bien que yo iba a estar y las atenciones y el cuidado que se tendrían conmigo. A pesar de que la primera impresión que me dio Ofelia fue la de una mujer un tanto extraña, su comportamiento atento y dulce me hizo pensar que era alguien confiable.

Viajamos en primera clase y durante el vuelo platicamos a ratos. Ella nunca me dijo quién era realmente Raúl Salinas, sólo se ocupó de comentarme que era un hombre muy importante, que tenía infinidad de compromisos políticos y que su familia era de mucho dinero. Me explicó que también tenía un secretario particular que le llevaba todos los asuntos políticos y que ella, como su secretaria privada, atendía su agenda de compromisos sociales y otras cuestiones más personales, porque desde hacía diez años trabajaba para él. De su vida personal, Ofelia sólo me contó que tenía un novio que era piloto y que se llamaba Felipe.

Luego acabó por preguntarme que cómo había conocido a Raúl, y cuando le platiqué lo ocurrido, Ofelia no paraba de reir y de decir que en qué cosas se metía su jefecito y de la suerte que había tenido al haberme encontrado. En ese momento yo no entendí muy bien qué era lo que le causaba tanta gracia y sorpresa, y de qué lo había salvado en realidad. Insistía mucho en que Raúl era un gran hombre, tranquilo y abierto, y del que no debía desconfiar, pues tenía las mejores intenciones conmigo.

33

Al fin llegamos a Barcelona, donde ya tenían reservada una habitación para mí en el Princesa Sofía, uno de los mejores hoteles de Barcelona. Apenas me instalé y Raúl ya tocaba a la puerta. El segundo encuentro fue una verdadera sorpresa: aquel hombre que descubrí tendido sobre la calle, víctima de los estragos de una tremenda borrachera, que lucía viejo y amargado, de verdad parecía otro. Ahora llevaba el pelo recortado, lo que lo hacía verse jovial, iba muy bien vestido con un traje claro de buen gusto y mostraba un excelente ánimo. Había dejado atrás aquella tormentosa relación con Margarita Nava.

Sus primeras palabras fueron: "María, no te recordaba así. Creo que había olvidado lo guapa que eras". Los dos sonreímos, aunque yo permanecí callada; a pesar de mi también grata impresión no quise decir nada.

Lo observé con detenimiento. No me pareció guapo pero sí atractivo; su presencia tenía un porte elegante. Un poco nervioso, se despidió, no sin antes hacerme la invitación de vernos más tarde para charlar a solas. Antes de acudir a la cita tuve tiempo de hablarle a mi madre para decirle que había llegado bien y que estaba contenta; le platiqué que Raúl no era tan mayor como me había parecido y que su recibimiento había sido el de todo un caballero.

Cuando nos volvimos a ver me dijo, como en una declaración memorizada a fuerza de repetirse: "Mira, María, te voy a explicar quién soy yo y quién es mi familia. Mi nombre es Raúl Salinas de Gortari; soy el mayor de mis hermanos y tengo 46 años; mi padre se llama Raúl Salinas Lozano, y mi madre, Margarita de Gortari, falleció en febrero de este año; el hermano que me sigue es Carlos Salinas de Gortari, el señor presidente de México; tengo una hermana que se llama Adriana Margarita Salinas de Gortari, a quien de cariño le decimos Liru, y dos hermanos más, Enrique

34

y Sergio Salinas de Gortari". Ésa fue la única ocasión en que se refirió a su hermano por su nombre, a partir de entonces siempre le llamó, en todo momento y delante de todo mundo, "el señor presidente".

Siguió luego platicando sobre la historia de su familia, las personas importantes que conocía y la privilegiada posición política que tenían. Yo no hice ningún comentario porque desconocía todo acerca de México y de las figuras de las que hablaba. Después de un rato interrumpí la conversación para cambiar el tema y hablar de cosas que conociéramos los dos. Pero fue inútil y continuó con su monólogo. Me contó maravillas de México, su cultura y sus tradiciones, y otra vez habló de su trabajo como político y de las obras que realizaba en bien del país. Era agradable escucharlo hablar de su tierra y de lo que ésta era capaz de dar a cada uno de los suyos.

El apasionamiento que transmitía era tal, que me empecé a sentir como encantada por el poder de sus palabras. Su forma de ser, tan distinta a la mía y a la de los españoles, era algo gratamente sorprendente.

Me dijo que iríamos a una cena esa misma noche en la que estaría Pascual Maragall, el alcalde de Barcelona. Antes de despedirnos me comentó que al día siguiente iríamos de compras, necesitaba que lo asesorara acerca de su nueva ropa ya que mucho sabía yo de moda.

Ya listos para ir a la cena, bajamos hasta la recepción del hotel donde ya nos esperaba un Mercedes negro blindado. Me presentó al mayor Chávez como su escolta, y él nos acompañó en todo el recorrido. En un momento en el que quedamos a solas, el mayor Chávez me hizo el siguiente comentario: "Señora, ¿sabe usted quién es realmente el hombre que la acompaña?". Yo sólo le sonreí.

En la cena me presentó con todo mundo. Se movía como pez en el agua y yo le seguía el juego, muy mona, como si siempre hubiera convivido con ellos. La cena terminó a altas horas de la noche pero al otro día, muy temprano, Raúl ya había llamado a mi cuarto para darme los buenos días e invitarme a nadar en la piscina.

Y comenzó la algarabía de los juegos olímpicos. Carlos Salinas de Gortari estuvo presente en el acto protocolario de la inauguración acompañando a la delegación de deportistas mexicanos. Por supuesto todos los demás Salinas también estuvieron presentes con sus respectivas esposas e hijos. Una vez inaugurados, asistimos a todos los juegos en los que participaban sus compatriotas.

Conforme pasaba el tiempo me iba familiarizando con todo el grupo de amigos y políticos. El trato de todos hacia Raúl Salinas era reverencial, como que estaban en deuda con él. Convivíamos casi a diario con Mario Vázquez Raña y su esposa; también conocí a Raúl González, el presidente de la Comisión Nacional del Deporte en aquel tiempo. Además, siempre estaban a su lado Ofelia y el mayor Chávez.

Después de los juegos de cada día, por las noches salíamos a cenar y a bailar, algunas veces en compañía de sus hermanos Adriana y Enrique, a las discotecas más importantes de la ciudad. Recuerdo alguna ocasión en que llegamos a un lugar donde había famosas personalidades de todo el mundo, entre ellos el actor Michael Douglas y la Miss España, Mónica Randal. Era una locura de embriaguez y derroche; y yo me decía, "este hombre no para, no para": Raúl bebía tres o cuatro botellas de los mejores vinos todos los días.

En esas ocasiones, el comportamiento de Raúl y sus hermanos fue el de una familia normal; alegres y bebedores, gozaban de la vida. En especial, pude observar que su relación con

Adriana y su cuñado, el señor Yañez de la Barrera, era muy buena. Con Enrique parecía distanciado. Adriana y sus hijas se comportaban amables conmigo.

Me empecé a familiarizar también con los hábitos de Raúl: se levantaba muy temprano, hacía ejercicio, luego nadaba y desayunaba con muy buen apetito. Siempre tenía una cena con algún funcionario importante de España, pero eso sí a Raúl no le gustaba juntar a dos políticos. Cenamos con Jordi Pujol, el presidente de la generalitat catalana, con los reyes de España, y con muchas otras personalidades.

En una de las charlas con sus amigos y asistentes, hizo el comentario de que yo realmente lo había salvado de un gran escándalo, pues si lo hubiera encontrado la policía aquello hubiera terminado muy mal para el prestigio de la familia Salinas, y sobre todo para la reputación del "señor presidente". Hasta ese momento, yo no sabía quién había sido el ángel guardián de quién.

Ofelia se encargaba de todos los detalles: que los automóviles estuvieran listos, que las reservaciones para comidas y cenas se realizaran a la hora y en el lugar establecidos, que el mayor Chávez estuviera a sus órdenes en cualquier instante, etcétera. Y Ofelia no sólo asistía a Raúl sino a toda la familia Salinas que se encontraba en Barcelona.

En todo momento Raúl ostentaba su gran fortuna, y sólo bastaba que se le ocurriera el más insólito de sus deseos para que éste le fuera concedido por su séquito de amigos o por él mismo. Alquiló para todos una flotilla de Mercedes Benz, negros, blindados y con chofer, para sus días de estancia en Barcelona. Los dueños de la empresa que rentó los vehículos, quedaron sorprendidos de la manera en que un político mexicano gastaba enormes cantidades de dinero.

Sin darme cuenta, empecé a formar parte de su séquito de

37

colaboradores; me pedía que lo aconsejara en su forma de vestir y que resolviera algunas cuestiones que facilitaran su estancia en Barcelona. Siempre conseguía a la gente adecuada para satisfacer todos y cada uno de sus caprichos, en donde lo que menos importaba era el dinero que se tuviera que gastar.

Su hermano Carlos nunca nos acompañó a ningún lado, porque según había yo escuchado se había tenido que marchar inmediatamente a Francia por cuestiones de trabajo. Después de pasar una semana en Barcelona, regresé a Sevilla porque quería ver a mi hija y a mis padres. Partí no sin antes prometerle a Raúl que estaría de vuelta el 24 de agosto para celebrar su cumpleaños. Me sentía fascinada por su trato y por todos los detalles que tenía conmigo y las cosas que me decía. Cuando me despedí, le dijo a Ofelia: "Me estoy enamorando de esta mujer".

Llegué directamente a la casa de mis padres porque ahí estaba mi hija. Me sentía muy contenta: me la había pasado muy bien y él me había respetado en todo momento. No había pasado nada de lo que me arrepintiera, y no porque fuera una mojigata, sino porque hasta ese momento todo era sólo el inicio de una relación entre dos personas que se conocen por circunstancias de la vida.

A mi regreso, Raúl me recibió con la sorpresa de que había rentado un yate para viajar a la isla de Ibiza; nos acompañarían Ofelia y el mayor Chávez. Fue un viaje precioso, lleno de atenciones y comodidades. En esos momentos pensaba que era un hombre rico, heredero de la gran fortuna de su familia, e incluso llegué a creer que en México no había problemas económicos graves. Era como un sueño. Y fue en ese viaje donde me invitó a conocer su país, a pasar unos días en México.

Cuando terminaron los juegos olímpicos Raúl me dijo: "Estoy encantado contigo, María, me gustaría tener una relación más seria, más formal. Desgraciadamente el lugar donde vivo está muy lejos, pero espero que aceptes la invitación de ir a mi casa, para que conozcas mi país y a toda mi familia, y veas que tengo las mejores intenciones y no desconfíes de mí". Ante tal declaración, acepté por supuesto, y quedamos de acuerdo para volver a vernos, pero ahora ya en su país, el 15 de septiembre y celebrar juntos las fiestas patrias mexicanas.

Para despedirse me abrazó y comentó en voz alta: "A esta mujer me la voy a llevar de España". Raúl partió con sus hijos Mariana y Juan José Salinas Pasalagua a la ciudad de San Francisco, donde pasarían unos días de vacaciones.

Me empiezo a enamorar

Cuando Raúl llegó a mi vida el único vacío que padecía era el del amor de un hombre. Ahora creo que esa insatisfacción me hizo imaginar que tal vez a su lado ese vacío desaparecería. Soñaba con tocar aunque sea con la puntita de los dedos, esa maravillosa palabra que es "amor".

En el viaje de vuelta a Sevilla mi ánimo viraba de la euforia a la nostalgia de los buenos ratos que pasamos juntos; pero en esos momentos estaba demasiado cansada como para poder entender lo que realmente me estaba sucediendo.

Para mi sorpresa, el paso de los días no cambió mucho mi estado de ánimo. Entre maravillada y ausente volví a hacer un recuento de mi vida, de todo lo que había pasado hasta ese tiempo. Incluso llegué a extrañar los días felices de mi matrimonio. Mi sentido común me decía: "No te enamores". Me resistía a creer que en tan poco tiempo me hubiera enamorado.

Las llamadas de Raúl continuaron; pero a diferencia de las otras, ahora ya las esperaba. Mientras tanto, mi extraño compor-

39

tamiento era notorio y ante esto mi familia se inquietó. No se explicaban por qué me gustaba ese hombre.

Yo, una mujer madura, segura de sí misma, libre, con tantos planes. Y la cabeza me daba vueltas mientras recordaba cómo lo había conocido, ¡pero si mi primera impresión de aquel hombre fue que era un vagabundo! Y luego aparecía el otro: el tierno, el atento, el comprensivo, el generoso, el que amaba a su tierra y a los suyos.

El día de mi viaje a México se acercaba. Aunque mi decisión ya estaba tomada, muy en el fondo de mí no dejaba de preguntarme qué me esperaría en aquel lugar tan lejano. De Raúl esperaba lo mejor. Sus palabras de aliento y ternura me hicieron creer en un ser espiritualmente elevado. Yo estaba dispuesta a dar lo mejor de mí y en ello ponía el corazón. Lejos estaba de saber lo rápido que se desvanecerían esos sueños.

Rumbo a mi destino

A mis padres ya los había puesto al tanto de todo. Abiertamente me dieron su punto de vista y externaron el recelo con que veían la situación, así como su opinión sobre las posibles consecuencias que se podrían generar. Decían que nada bueno podía traer un hombre con poder y fortuna. De acuerdo con su experiencia, un hombre como él podía engañarme con facilidad para cumplir sus caprichos.

Pero nadie experimenta en cabeza ajena, y no creí necesitar justificación o consejo alguno para seguir adelante, con aparente seguridad, hacia mi propio destino. Como era su costumbre, respetaron mi decisión, pues no querían actuar en contra de mis convicciones.

Camino al aeropuerto, me embargó una gran emoción

porque iba a conocer un país totalmente nuevo para mí, del otro lado del Atlántico. Sin embargo, en esos instantes la vida me dio un aviso que nunca entendí o no quise entender. Por un problema fuera de mi control, perdí el vuelo de Sevilla a Madrid. Era la mañana del 16 de septiembre de 1992. Bastó sólo una llamada de Ofelia desde México para asignarme otro vuelo a Madrid. Salí de ahí muy temprano, y después volé vía Nueva York para hacer mi arribo a la ciudad de México. Por la diferencia de horarios llegué el mismo día a las ocho de la noche.

Lo que vendría después, sería una larga y corta historia de mentiras y desilusiones, que iré contando paso a paso.

El 24 de mayo de 1959 unieron sus vidas mis amados padres, María Teresa Romero Martín y Joaquín Bernal García.

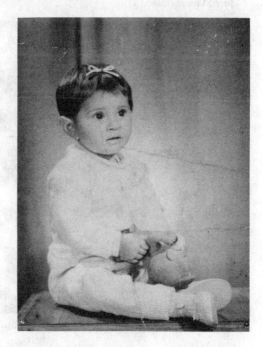

Al cumplir un año de edad me tomaron esta tierna fotografía.

En la casa de campo de mi madre, en Huelva, España, a los 19 años y ya casada con José Manuel Jaime.

Con mi hermosa hija Leticia Jaime Bernal cuando apenas tenía cuatro meses de edad.

En esta imagen del mes de febrero de 1992, yo ya estaba separada y trabajaba en la boutique Enrico Vasatti, poco tiempo antes de conocer a Raúl Salinas.

En unas vacaciones de verano en Alicante, España.

Recién llegada de Sevilla, el 17 de septiembre de 1992, en la Casa Linda, en el fraccionamiento Las Brisas, Acapulco, propiedad de Raúl Salinas.

En el comienzo de mi idilio con Raúl Salinas, en una imagen que hicieron famosa los medios de información.

Sergio y Enrique Salinas con unas muy jóvenes amigas en ese mismo recorrido en yate.

Raúl Salinas feliz en Acapulco.

Raúl Salinas no dejaba de halagarme, con este trío me declaró su amor y me dio la bienvenida a México. (Acapulco, septiembre de 1992)

Vista aérea del rancho Las Mendocinas de Raúl Salinas, una de sus propiedades favoritas. (Octubre de 1992)

Raúl Salinas y yo en uno de los picaderos del rancho Las Mendocinas.

Raúl Salinas montado en su caballo "Diamante", un pura sangre que era su pasión.

Raúl Salinas dando un paseo para mostrarme el coto de caza del rancho Las Mendocinas. Al fondo de la imagen se vislumbra un alce.

Raúl Salinas y yo en un Mercedes de colección que tenía en Las Mendocinas.

Yo en el comedor principal de Las Mendocinas.

Raúl Salinas en una de las salas del mismo rancho.

Raúl Salinas practicando en el campo de tiro de Las Mendocinas.

Yo en otra de las salas, donde se pueden apreciar algunos de los bellos cuadros que decoraban cada una de las habitaciones; había, incluso, uno del Greco.

Y LLEGUÉ A MÉXICO

Entré por la puerta grande. No llegaba como cualquier turista ni fue cualquiera quien me invitó a conocer el país. Aunque estaba acostumbrada a vivir bien y a tener relaciones con personas importantes esto de algún modo era distinto, además estaba por primera vez en América y conocería otras costumbres, y nunca antes había estado tan cerca de alguien perteneciente al círculo del poder.

Minutos antes de aterrizar en este mágico país, me fue envolviendo una emoción cada vez más grande. Con nerviosismo me repetía: "Qué estoy haciendo aquí, qué vengo a hacer aquí". Desde las alturas las miles de luces que se veían y la enorme extensión de la ciudad me parecieron algo único. De las ciudades que conocía, sólo México tenía esa vista aérea tan impresionante. Ya en el aeropuerto me sorprendió el gran movimiento, la gente caminando de un lado a otro pero en un ambiente tranquilo y cordial. Había llegado a México.

Sin saber precisar con exactitud qué tipo de atracción sentía por aquel hombre, tenía miedo de enamorarme por completo. También tenía miedo de enamorarme de este país, como ya había escuchado en boca de algunos conocidos. Sin embargo, estaba decidida a vivir aquellos días como un aprendizaje personal para descubrir el significado de todo lo que aconteciera.

Un poco aturdida por el viaje, distinguí a Ofelia en el área de Migración. Ella me saludó como siempre muy amable, pues nuestra relación había sido cordial durante la estancia en Barcelona. En una Suburban gris, manejada por ella, nos dirigimos a un departamento en la calle de Hamburgo en la Zona Rosa que, según me comentó, se había acondicionado por órdenes de Raúl para que mi estancia en la ciudad fuera cómoda y grata.

En el trayecto Ofelia se comunicó con Raúl para avisarle de mi llegada, y luego me lo pasó. Fue agradable escuchar su voz y sus palabras de recibimiento. Me dijo que no había ido por mí al aeropuerto porque ese día se celebraba la Independencia de México y para su familia era muy importante estar reunidos en el festejo. Su emocionada conversación refiriéndose a las fiestas patrias y la manera en que se reunía el presidente de México en el Zócalo junto con miles de ciudadanos para dar el Grito, me llenaron de curiosidad por saber más de esta rica cultura. Le agradecí todas sus amabilidades y también el hecho de recibirme especialmente en un departamento y no en un hotel. Para mí esto fue muy importante, porque quedaba claro que entre nosotros sólo había una amistad y que él era todo un caballero. Cuando llegamos al departamento, Ofelia se despidió y me dijo que me instalara a mi gusto.

El piso era muy amplio y lujoso. En una preciosa mesa de caoba brillante, al centro de la sala, había un gran ramo de rosas rojas con una nota de Raúl. El ambiente del lugar era acogedor y poco a poco me di cuenta de que no le faltaba ningún detalle, tal y como me lo había anticipado Ofelia. Cuuando entré a la habitación principal para dejar mi equipaje y descansar un rato, me di cuenta que un hermoso edredón azul con un juego de cojines de la misma tela cubría la cama; que del lado izquierdo había un gran vestidor y que en el baño todo estaba dispuesto de manera perfecta: los jabones, las toallas, el champú, las cremas y las esencias. Por los nervios no había comido casi nada, y cuando fui a la cocina por algo de comer y de beber, pude ver que en las alacenas y en el refrigerador había de todo tipo de quesos y vinos, latería fina, jugos, bombones, chocolates, pan y carnes frías. Los pisos y algunas paredes eran de madera brillante y en la decoración predominaba el color beige en los tapetes, los muebles y las cortinas. Había otra habitación para visitas, más pequeña pero a la que tampoco le faltaba ningún detalle.

Al rato, Raúl me llamó para preguntarme si me había gustado el departamento. Le contesté que todo estaba muy bien y le di las gracias. Me dijo entonces que pasarían por mí para llevarme a conocer su casa. Cerca de las diez de la noche tocaron el timbre. Era el mayor Chávez, el jefe de escoltas de Raúl, a quien ya conocía y me había caído muy bien. Un hombre moreno, de ojos cafés, alto y fornido. En el trayecto, amablemente, nombraba las calles y las avenidas por las que circulábamos y me hacía comentarios de lo mucho que me iba a gustar su país. El Mercury color guinda se detuvo frente a una enorme puerta de madera que se abrió automáticamente. A unos pasos de la entrada pude ver a Raúl esperándome; llevaba un traje azul marino muy elegante. Emocionados, nos abrazamos y nos besamos.

Acto seguido le di a Raúl unos regalos que le había traído desde España, entre los que se encontraban un juego de piel de oficina color miel, unas botellas de licor digestivo Pacharán, hecho de arándano y anís, que en Barcelona a él le había encantado, y un pisapapeles de plata de La Torre de Oro de Sevilla. Al tiempo que me daba las gracias, me condujo hacia la casa y entramos a un estudio donde nos sentamos a charlar. El olor de la casa me encantó, era un aroma entre esencia de maderas y pétalos de rosa, un olor que me evocaba el reconfortante olor de la casa de mis padres.

55

Un poco más relajada, pude observar con detenimiento el lugar. La sala era de piel color beige y frente a ella se encontraba un televisor con una enorme pantalla y una biblioteca muy amplia y fotos de la familia. Había también una pintura del rostro de Raúl, que él me comentó se la había hecho el pintor Cortaza. Lo que más me llamó la atención fue un gran tapete de cebra y una silla de montar de plata. Desde el estudio, Raúl llamó a la servidumbre para asegurarse de que todo estuviera dispuesto, no quería que faltara ningún detalle. Todo era amabilidad y atenciones; en esos momentos me sentí por completo halagada por ese hombre, un hombre, pensaba yo, por demás detallista. Me llevó a conocer toda la casa, habitación por habitación. Los espacios eran muy amplios y confortables, y por todos los rincones había cuadros y objetos de lujo.

Raúl me hacía sentir parte de una atmósfera cordial y hasta familiar, como si realmente ya estuviéramos casados, queriendo darme confianza para que no lo rechazara y permitir que poco a poco sus caricias me fueran conquistando. Pero siempre he sido muy especial como mujer y tantas atenciones y amabilidades de este mexicano no terminaban de convencerme. Además, sus constantes palabras de amor me hacían dudar de que en tan poco tiempo se hubiera enamorado de mí, según lo expresaba con insistencia en cada comentario. Cuando llegamos a la cocina me presentó con José, el cocinero, y me habló de él con mucho aprecio y consideración. El olor de ese lugar era desconocido para mí pero igual me pareció muy agradable. Le pregunté a Raúl que qué era ese olor y él muy orgulloso me contestó que era el de las tortillas recién hechas.

Después me llevó a una de las salas de la casa en donde estaban reunidos sus hermanos Sergio y Enrique, que aunque también estuvieron en Barcelona, nunca coincidimos en los lugares que frecuentamos en esos días. Raúl les dijo: "Ella es María, es española, nos conocimos en Sevilla y empezamos una amistad muy bonita. Ahora yo estoy enamoradísimo de ella y va a ser mi mujer, va a ser mi esposa, estoy feliz". Yo no supe qué decir pero estreché sus manos cordialmente. Tuve la impresión de que ellos aguardaban mi llegada y que esperaban con curiosidad conocerme. Todo era novedoso, extraño pero lindo.

También me encantó esa noche conocer algunas de las costumbres gastronómicas de México, tan diferentes a las de mi patria. Graciosamente me explicaron las diferentes formas y sabores de los platillos que me ofrecían, como, por ejemplo, quesadillas, que se me dijo eran tortillas de maíz recién hechas rellenas de diversos guisos con ingredientes típicamente mexicanos y luego fritas con aceite. Había quesadillas de flor de calabaza, elote con queso y rajas, cuitlacoche, hongos con epazote, carne y queso. Cada uno de esos sabores fue totalmente nuevo para mí pero todos me resultaron exquisitos, deliciosos.

Sus hermanos se despidieron al poco rato y nosotros continuamos platicando, sin poder disimular el nerviosismo de las parejas que se empiezan a conocer de una manera más cercana. Raúl me dijo que al día siguiente temprano viajaríamos a Acapulco, y como yo estaba muy cansada, después de un rato, me llevó al departamento, donde muy caballerosamente me dejó en la puerta.

El famoso viaje a Acapulco

Me despertó la llamada de Ofelia, quien me dijo que en unos minutos pasarían por mí. Apenas me dio tiempo de bañarme y de preparar un poco del equipaje. Cuando abrí la puerta, la expresión de alegría de Raúl me hizo sonrojarme. Algo escondía en sus manos por detrás del cuerpo. Por un momento pensé que era un ramo de flores, porque ese hermoso detalle había estado presente casi desde que nos conocimos, pero no fue así. Me dio unas llaves y me dijo: "María, quiero que organices la casa a tu gusto, que te sientas feliz de estar ahí. Es una casa hermosa como tú". En el camino me explicó que yo viajaría con Ofelia en su avión privado y que él lo haría en helicóptero ya que tenía que atender un compromiso ineludible. Quedó de alcanzarme en Acapulco lo más pronto posible.

Al llegar al puerto ya nos estaba esperando el chofer particular de Raúl, al que Ofelia me presentó como Pancho. Otro hombre cálido y amable, como todo el personal de Raúl que hasta el momento había conocido. Éste nos condujo al fraccionamiento Las Brisas, a una residencia llamada Casa Linda. El lugar era precioso, con una maravillosa vista y una enorme piscina volada que se confundía con el mar azul. De arquitectura moderna y construida a desniveles, todas las habitaciones tenían un nombre y estaban pintadas y decoradas con diferentes colores en tonos pasteles y mexicanos. La recámara de Raúl se encontraba a la entrada y tenía una panorámica de punta a punta de toda la costa. Los pisos eran de mármol y había preciosos objetos de cerámica, tapetes, artesanías y lámparas por todas partes.

Cada rincón de la casa tenía la luz perfecta, y el comedor se encontraba en un espacio abierto que daba a la piscina y al mar, con una enorme mesa de cristal para más de veinte personas. A mí me asignaron la recámara principal. Todo esto me resultaba cada vez más sorprendente y a la vez me hacía sentir que la relación iba muy en serio; como si por todas partes Raúl me dejara un mensaje: "Tú eres la mujer de mi vida". No era la casa, no era el lugar, no era la belleza, era simplemente el amor que me demostraba. ¿Cómo iba a desconfiar de esa maravilla de hombre que pensaba en todos los detalles con tal de agradarme?

Dispuse de algunas cuestiones que a mi parecer eran importantes y me pasé el día en compañía de Ofelia. Ella no dejaba de hablar de Raúl. Me contaba que era un hombre que había sufrido mucho a causa de las mujeres, que era de buen corazón y que no se explicaba la razón por la cual era tan infeliz en el amor. Según Ofelia, nunca lo había visto tan feliz como después de que me conoció. De cualquier comentario ella volvía a referirse a Raúl y a su encantadora forma de ser. Ofelia se despidió al anochecer, pues por motivos de trabajo viajaría de regreso a su casa. A solas pude disfrutar de la tranquilidad que me embargaba en esos momentos. Pensé que Acapulco tenía algo muy especial, que era diferente a todos los maravillosos lugares de veraneo que había conocido en Europa. Al día siguiente pedí que me llevaran al centro a conocer y a comprar algunas prendas de ropa. Confirmé lo que había sentido con respecto al puerto: que tenía un clima algo más cálido, que la gente era muy simpática, que el sol, el olor y la brisa del mar eran más intensos.

Raúl llegó por la tarde ansioso de estar a mi lado. Nos metimos a nadar y luego platicamos de lo bella que estaba la casa y de mis impresiones del lugar. Él no dejaba de decir que me amaba y que me haría muy feliz. Nuestra cercanía era perturbadora para ambos, teníamos miedo de dar el siguiente paso pues, como todas las parejas del mundo, la primera vez siempre es como volver a empezar. Al poco rato de su llegada, me entregaron por mensajería dos enormes ramos de rosas rojas.

En la noche llegaron sus hermanos Sergio y Enrique, acompañados de Ofelia y dos mujeres muy guapas. Tenían preparada una reunión en la casa con otros amigos que llegaron al poco rato, eran como doce parejas. Todos brindaban por mi llegada y se comportaban muy amablemente. La cena se dispuso en el comedor con grandes viandas de mariscos. De pronto un grupo de

59

mariachis apareció ante nosotros y Raúl dijo en voz alta: "En honor a ti, María". Los músicos empezaron a cantar junto a la alberca "María Bonita". Por primera vez sentí que iba a ser feliz al lado de un hombre.

La música y el baile continuaron y yo me desaparecí un momento para ir a arreglarme un poco. Al salir, Raúl ya me estaba esperando para atraerme hacia él en un arranque posesivo, haciéndome conocer por vez primera, en un beso, toda la pasión y las ansias que guardaba. Sentí que no podía respirar y fue imposible desprenderme de aquel hombre que reclamaba reciprocidad no sólo de mi cuerpo sino de mi alma, como él me entregaba la suya en esos instantes. Cerré mis ojos esperando tocar ese ensueño prometido. A lo lejos se escuchaba el bullicio de la fiesta y algunas parejas que nadaban a la luz de la luna.

Esa primera vez no fue lo que yo esperaba. Raúl estaba muy nervioso y algo apenado, no sabría precisar muy bien por qué. De pronto toda la sutileza del cortejo se transformó en movimientos torpes y bruscos, que sólo buscaban la satisfacción inmediata. Tuve que calmarlo con caricias lentas y suaves para decirle sin palabras que todo estaba bien, que no había ninguna prisa. Toda aquella seguridad que proyectaba en su vida personal, en la intimidad se desvaneció de alguna manera. Sin embargo, en ese primer encuentro hubo muchas palabras de amor y promesas.

Al otro día nos levantamos primero que nadie y desayunamos. Después nadamos un rato y como al mediodía llamó a sus hermanos para ir a dar un paseo en un yate privado. Éramos tres parejas, porque Sergio y Enrique seguían acompañados de las mujeres que habían llegado con ellos. Raúl me dijo que eran sus amigas, y lo único que me sorprendió fue que una de ellas era una muchacha muy joven. Con ellas crucé sólo algunas palabras, pues cada pareja buscó su propia intimidad.

El yate era muy lujoso, y se había contratado a un mesero para servirnos. Nos sentíamos felices, aunque Raúl estaba intranquilo por lo ocurrido la noche anterior: me daba excusas y prometía a la vez compensar sus torpezas. Se justificaba diciéndome que era tanta la dicha que le embargaba que había sido traicionado por sus propios nervios, y decía una y otra vez que me haría feliz. Tenía miedo de que ya no aceptara su compañía pero estaba equivocado porque para mí él ya era mi pareja; le pedí olvidar el incidente y no hablar más del asunto. Juntos disfrutamos del maravilloso recorrido, y, haciendo gala de su gran inteligencia, no hubo sombra que empañara nuestra cercanía, me hizo sentir segura y tranquila a su lado.

Jamás sintió temor o rechazo a sacarnos fotografías, ya que como él decía, ésa era la manera de atrapar la felicidad que yo le había hecho conocer. Con cualquier pretexto tomaba la cámara y me sacaba fotos como cualquier hombre común, y engañosamente me hacía creerlo también. De ese viaje es la fotografía que le dio la vuelta al mundo en todos los periódicos, cuando se hizo público todo el escándalo de Raúl. Al atardecer regresamos a la casa y la fiesta se prolongó hasta el día siguiente.

El destino es caprichoso y juega con nosotros, pero lo cierto es que jamás vemos ese juego hasta que nos alcanza sorpresivamente. Hasta hoy no he podido entender las razones por las que María Bernal y Raúl Salinas tenían que coincidir en un mismo tiempo y en un mismo espacio.

Los pequeños caprichos de Raúl: Las Mendocinas

Regresamos a la ciudad de México y al llegar ya nos estaba esperando una camioneta para ir a Las Mendocinas. Raúl ya me había comentado que quería que conociera esa hacienda, pues

61

era una parte muy importante de su vida. Poseer esa inmensa y hermosa propiedad, era como haber comprado el paraíso en la tierra, según sus propias palabras. Durante el viaje Raúl me comentaba sobre su más preciado tesoro, ahora después de mí, decía, y fue a través de su plática como me imaginé su adorada hacienda.

No había oído a un hombre expresarse con tanto amor de sus propiedades, ya que para él era un orgullo y satisfacción conservar vivas sus tradiciones tan mexicanas que, tratándose de una cultura tan diferente a la mía, yo no entendía pero que valoraría gratamente en el futuro. No tuve tiempo de aburrirme, me encantaba escucharlo porque era como vivir sus propias pasiones y vivencias.

Y, en efecto, el lugar era bello y enorme. Situado al pie de los volcanes Popocatépetl e Iztaccihuátl, en verdad el tiempo se detenía en aquel sitio. Los imponentes volcanes que adornaban de manera majestuosa a Las Mendocinas, junto con los relatos que Raúl me hacía con toda la paciencia del mundo acerca de esos dos colosos, se me figuraban enigmáticas novelas salidas de una mitología perdida. Fueron varias las historias que me contó y todas giraban en torno del amor, el inmenso amor de un hombre y una mujer. ¡Cómo no sentir el embrujo de esta tierra que nos hace vivir sus mitos y leyendas! Yo le repetía a Raúl que Sevilla tiene duende y México magia, una magia que envuelve y que no hay palabras que alcancen a describir. Raúl empezó a decir unos poemas que él mismo había escrito y que pude entender al conocer la fuente de su inspiración.

Un portón antiguo de madera con el nombre de Las Mendocinas y el escudo que distinguía a Raúl Salinas de Gortari custodiaban la entrada. Una vez dentro de la propiedad, recorrimos más de un kilómetro de una linda vereda rodeada de altísimos árboles que continuaban por todo el camino. A lo lejos, empecé a ver una parte de las caballerizas y una casa que Raúl dijo pertenecía al encargado del cuidado de los caballos. Otro portón enrejado con una gran cerradura me indicó que estábamos en la entrada principal del rancho. Inmediatamente después de esa entrada, a mano derecha, se encontraba un amplio recibidor donde lo primero que saltaba a la vista era un impresionante retablo de madera con oro lleno de ángeles y figuras religiosas. Las sillas y la mesa de centro eran finas, muebles antiguos de bellos acabados, que armonizaban con la decoración del espacio.

En los días que permanecimos ahí, pude recorrer y observar con detalle todos los rincones del lugar. La vieja construcción de tipo rústico colonial había sido restaurada por completo. Toda la hacienda pertenecía a Raúl, y sólo compartía con Carlos una pequeña parte de la propiedad, cuyas puertas nunca se abrieron. En el centro de la hacienda había una plazuela y una fuente rodeada de flores y plantas, y frente a ella se encontraba la capilla. El altar, que tenía varias piezas de oro, el púlpito y las bancas de madera, así como las imágenes de la Virgen y de los santos estaban intactos. Había flores frescas y blancas en todos los floreros y se mantenía iluminada de día y de noche.

En el interior de la hacienda, los recibidores, las salas y el comedor, había cuadros en su mayoría de paisajes campiranos, y cada uno de esos espacios tenía muebles finos, tapetes persas o mexicanos y grandes candiles, que por las noches iluminaban de manera acogedora cada rincón. Por todas partes había detalles muy mexicanos como figuras de plata, jarrones de talavera, baúles coloniales, marcos rústicos, ollas de cobre y figuras prehispánicas. En una de las habitaciones principales de la familia había un cuadro original del Greco, y en las demás había antigüedades y muebles finos. Uno de los estudios pertenecía a la arme-

63

ría y en los otros había mesas de billar, equipos de sonido y televisores. En otra de las salas había más de una docena de cabezas de animales disecados como alces, venados, toros y un oso, así como varias sillas de montar únicas en sus materiales y diseños, y dos imponentes colmillos de elefante sostenidos sobre enormes bases de plata.

En el bello comedor principal compartíamos una exquisita comida hecha por la servidumbre del lugar. Ahí probé las delicias de la comida poblana como el mole, las enchiladas, los chiles en nogada y el pan de nata recién horneado. Esos momentos eran sagrados para Raúl. Para empezar, en la mesa tenía que haber siempre aguacates partidos en finas rebanadas, salsa roja con cilantro picado y tortillas calientes. Luego servían el arroz integral rojo, blanco o amarillo, según lo dispusiera, e, inmediatamente después, una sopa de tortilla o fideos —las predilectas de Raúl—, el plato fuerte y los frijoles de la olla. Los quesos, el vino y las aguas frescas no faltaban, como tampoco faltaban los postres, que iban desde el tradicional ate de frutas hasta los pasteles y pays muy elaborados.

A la hora de ir a la mesa, Raúl siempre tuvo el detalle y la delicadeza de decirme qué era cada platillo y los ingredientes de los que estaba hecho, pues conociendo nuestras diferencias gastronómicas, quería que disfrutara de la comida mexicana como de la de mi patria. Apreciaba su interés pero no me parecía necesario porque la cocina mexicana es tan rica y variada que satisface al comensal más exigente. Me parecía gracioso que se empeñara en creer que si comía tortilla subiría un poco de peso, ya que mi complexión le parecía en exceso esbelta. Sin embargo, eso jamás me ofendió y compartíamos graciosamente nuestros comentarios.

Recuerdo que una de las cosas que más me agradaba al recorrer el interior de Las Mendocinas, era el olor de las flores naturales que se disponían cuidadosamente por las habitaciones: rosas rojas, rosas y salmón, alcatraces, geranios, azucenas y nardos, eran los aromas que sutilmente impregnaban el ambiente de aquel bellísimo lugar. En nuestra recámara siempre había flores frescas del campo y rosas rojas, un detalle que Raúl mantuvo en todo el transcurso de nuestro romance. Por otro lado, en ese tiempo conocí la pasión de Raúl por los trajes de charro. Tenía en su armario más de sesenta trajes de todos los colores imaginables con sus respectivos sombreros y botas y, por supuesto, espuelas de plata. Para él era casi un rito vestirse de charro y montar a "Diamante", un caballo pura sangre que era su animal preferido. Luego me llamaba para que le tomara algunas fotografías y sonreía orgulloso y radiante.

Pero su máxima debilidad eran los caballos. Una de las primeras veces que lo vi realmente enojado fue cuando uno de esos días, al hacer el recorrido acostumbrado por las caballerizas, había encontrado algún desperfecto y estaba furioso. Todo tenía que estar como él lo disponía y en perfecto estado. Nunca pensé que ése era apenas el atisbo de un carácter obsesivo y controlador que más tarde se mostraría tal cual, sin las apariencias y cordialidades que mostró en el inicio de nuestra relación.

A un costado de la casa se encontraba una gran piscina de agua templada y cristalina, donde Raúl no perdía oportunidad de nadar y hacer ejercicio todas las mañanas. Al centro de un lago artificial había un precioso chalet de dos plantas con amplios ventanales y un jardín alrededor. La parte de arriba era una amplísima recámara-estudio confortable y moderna, y la parte de abajo estaba conformada por un gimnasio completo con baño, vapor y sauna. Los bellos jardines y el incalculable terreno que rodeaba a Las Mendocinas se repartían en diferentes áreas, una de ellas destinada a las caballerizas y a las casas de los caballerangos, a la

65

plaza de toros y a las canchas de tenis; otra para los toros de lidia y los tentaderos, los gallos y el ganado.

Para la cacería, otra de sus actividades favoritas, había un coto con venados, alces, zorros, conejos, coyotes y animales exóticos como pavorreales y avestruces. En la punta del cerro había una plazoleta para descansar de las largas cabalgatas, y camino abajo, por un sendero empedrado, se encontraba una lindísima cabaña de madera, igualmente con todas las comodidades. El capataz de Las Mendocinas era un señor llamado Pancho Téllez, y el encargado de los caballos era un amigo de Raúl de nombre Diego Ormedilla, quien vivía en el rancho en una casa aparte con toda su familia. Por todos los lugares me encontraba gente trabajando, por lo que calculé que se necesitaba más de medio centenar de empleados para mantener el lugar en tan buenas condiciones.

En esos días descubrí que compartíamos el gusto por la vida del campo y por montar a caballo. Poco a poco me iba enamorando de aquel hombre, que sin ser guapo ni apasionado, me llevaba de la mano hacia una ilusión que parecía tan real como los atardeceres en que nos abrazábamos junto a la chimenea. Hablar de atardeceres es hablar de quimeras como ahora entiendo fue el amor que compartí con Raúl.

El futuro gobernador de Nuevo León

Regresamos a su casa en las Lomas de Chapultepec. Raúl continuó con su trabajo y miles de compromisos, pero siempre encontraba tiempo para mí, no me descuidaba. Muchas veces se disculpó por no darme la atención que él sentía que merecía. Creo que lo que le faltaba en la intimidad le sobraba en detalles. Yo a esas alturas creía entender que su situación iba más allá de ser el

66

simple hermano del presidente, que tenía una verdadera vocación política.

Un día me pidió que lo acompañara a sus oficinas de Barranca del Muerto e Insurgentes. Ahí conocí a las dos secretarias de Ofelia Calvo, Elizabeth García Jaime y María del Carmen Tielve, ambas amigas personales de la primera. Luego Raúl me presentó a su secretario particular, Enrique Salas Ferrer quien, me explicó, llevaba los asuntos políticos. No me sorprendía que a Raúl le gustara vivir bien y que no reparara en gastos ni en sus oficinas, sin embargo me parecieron exageradamente lujosas. Tampoco pasó desapercibido para mí el tenso trato entre Ofelia y Enrique porque ni aun en mi presencia fueron capaces de comportarse de manera normal. El mismo Raúl me explicó que habían tenido cierto romance y que al casarse Enrique, Ofelia no lo perdonó, pero que eran buenos colaboradores y que los necesitaba porque eran de toda su confianza.

Por su parte Enrique, de manera cordial, se dirigió a mí para decirme que lo que se me ofreciera se lo pidiera a él, y que tuviera cuidado con la bruja de Ofelia pues buscaría la manera de fastidiarme. Por su lado Ofelia casi con las mismas palabras se expresó del asistente de Raúl. Yo a ninguno de los dos les hice ningún comentario y el incidente lo tomé como una guerra entre ellos y punto.

Pocos días después viajamos a Monterrey, pues según me platicó iba a ser el futuro gobernador de Nuevo León, y muy pronto tendríamos que vivir en ese estado. Mientras nos dirigíamos a nuestro destino en el avión privado de Raúl, éste leía un periódico que me mostró con su habitual despreocupación a la vez que con una gran seguridad. Recuerdo que sus palabras fueron: "Mira, amor, este hombre va a ser el próximo presidente", al tiempo que me mostraba la fotografía de Luis Donaldo Colosio,

67

a quien en ese momento a mí sólo me pareció un hombre joven. Nunca me hubiera imaginado su fatal destino, que se cumplió meses más tarde. Recuerdo haberle preguntado que cómo sabía que iba a ser presidente, a lo que Raúl me contestó: "La política déjamela a mí".

Llegamos a uno de los mejores hoteles, porque su casa estaba en remodelación. Fuimos a visitar el sitio de las que serían sus oficinas en la calle de Ocampo en el centro de la ciudad. Más tarde visitamos su casa, la cual se encontraba en El Obispado, la mejor zona residencial de Monterrey. Ahí estaba Enrique Salas Ferrer, que según me comentó Raúl, era el encargado de vigilar las obras y ya estaba trabajando en las cuestiones políticas que tenía que atender en Monterrey. Mientras platicábamos, le dijo a Enrique que yo iba a ser la señora de esa casa y que desde ese momento podía cambiar lo que quisiera, independientemente del trabajo de los arquitectos y la decoradora.

Mi llegada coincidió con un cambio total en la forma de vida de Raúl. Nuevas propiedades, unas en remodelación y otras en proyecto de construcción, sus diferentes y ambiciosos planes de lo que sería su vida como político, en fin, estaba eufórico. Su energía parecía inagotable y ni nada ni nadie parecían interponerse. Vivía en su propio paraíso, e ingenuamente, yo creía que ese hombre era un político brillante.

En nuestra estancia de casi una semana, Raúl cumplió diversos compromisos de trabajo con funcionarios del gobierno de aquel estado. En los ratos libres salíamos de paseo por la ciudad, a comer a algún restaurante, al museo o de compras. Para Raúl no había duda: él sería el gobernador de Nuevo León. Lo decía con la seguridad de quien ya había recibido la noticia y sólo le faltaba publicarla en todos los periódicos. "Así es la política en México", decía Raúl.

Los días siguientes y "el compromiso"

Ya de regreso en la ciudad de México, los días siguientes en casa de Raúl fueron todos atenciones. Una noche me llevó a conocer a su padre y me presentó como su prometida. Raúl Salinas Lozano se portó encantador y felicitó a su hijo por la buena elección. Fue una cena muy breve sin más invitados que Raúl y yo. A mí su padre me pareció encantador, pues a pesar de su edad y de sus enfermedades, tenía buen sentido del humor y gran vitalidad. Me complacía el interés que mostraba Raúl para integrarme a su familia.

Empecé a entender y a acostumbrarme a la idea de que Raúl quería una compañera, pero en su casa, no en la política. A mí eso me sentaba muy bien pues jamás he entendido la política, así es que preferí ocupar el tiempo en elegir prendas que le quedaran bien a Raúl y cuidar detalles de su persona para que en los ratos de intimidad todo fuera cómodo y agradable. Lejos de disgustarme lo que para otros sería una obsesión por lo perfecto, para mí era uno más de los atributos de Raúl. Su disciplina férrea para el ejercicio, la comida, el orden, el trabajo y demás, armonizaba con mi forma de ser.

Lo aceptaba tal cual era y creo que lo que más me atraía era la seguridad con la que se manejaba al ordenar y exigir a los demás lo que él quería. Era un hombre de carácter fuerte pero tierno y complaciente conmigo. Creo que lo que me enamoraba de él era la diferencia que hay entre el latino y el europeo, aunque a veces no comprendiera la ambivalencia del charro que pega de gritos por cualquier cosa, y la forma en que se entregaba hasta la humillación ante la mujer amada cuando había un disgusto, como sucedía entre Raúl y yo.

Volvimos a ir a Las Mendocinas y en ese viaje disfrutamos

69

de nuevo de la vida del campo y tuvimos tiempo para estar solos y descansar. Montábamos a caballo por horas enteras, salíamos de cacería, caminábamos por el campo. Una noche me dio la sorpresa de que cenaríamos en la hermosa cabaña que se encontraba en lo alto del inmenso terreno. Ahí disfrutamos del hermoso silencio de la naturaleza que se escondía en la oscuridad de la noche arrullándonos con sus mil sonidos. Jamás me sentí tan querida, sus caricias me hacían sentir protegida, y para no olvidar aquel instante, cerré mis ojos. En un arranque apasionado Raúl me pidió: "Cásate conmigo. Quiero que seas mi esposa".

Yo le contesté que me repitiera las mismas palabras cuando hubiera pasado la oscuridad, al día siguiente; que me lo repitiera una y mil veces para que pudiera creer lo que me estaba pidiendo. Y así lo hizo, al amanecer sus palabras fueron: "Amor, si para ti no es significativo despertar a mi lado, para mí sí lo es. Quiero mirarte siempre junto a mí. Una vez más te pido que aceptes ser mi esposa, pero si me dices que no, jamás te lo volveré a repetir". Abrazándolo le contesté que sí y los hechos hablaron más que las palabras.

Los caprichos de Raúl también incluían sus intempestivos cambios de humor. Un día de esta nuestra segunda visita a Las Mendocinas, se le ocurrió ya entrada la noche salir a cazar, sin importarle la oscuridad o si el camino estaba en buen estado. Después de una terrible tormenta la camioneta se quedó atascada y tuvimos que regresar caminando por todo el monte. Otro día se le antojó cenar en algún lugar exclusivo, e inmediatamente le habló a Ofelia para que hiciera los arreglos pertinentes y cuando llegáramos el sitio estuviera cerrado para el público pero con todo listo para recibirnos sólo a los dos.

Una semana después, ya en la casa de Raúl, se empezó a organizar el cumpleaños de Juan José Salinas Pasalagua, su hijo menor, quien cumplía 15 años. En el jardín central de la casa se instaló una gran carpa y un escenario, pues actuaría el grupo Onda Vaselina. La cena y los bocadillos se encargaron a un restaurante muy exclusivo del rumbo de Las Lomas. Todo estaba listo para la ocasión, y ese día tendría la oportunidad de convivir de una manera más cercana con sus hijos. Yo no me sentía muy convencida de asistir, dada la presencia de la madre de sus hijos, pero Raúl siempre se encargaba de convencerme y disipar mis temores. Fue una sorpresa agradable sentir el cariño y la cordialidad de Juan José y Mariana, su hija mayor, y también la manera en que Ana María Pasalagua aceptó mi presencia. Los chicos invitados iban vestidos de los años sesenta y bailaron y se divirtieron en grande con su grupo preferido. Todos parecían llevarse muy bien; todo hasta ahora parecía normal. Me sentía afortunada de conocer a una familia tan distinguida, pero a la vez tan sencilla y amable. Obviamente estaba muy lejos de conocer a la familia Salinas de Gortari.

Mi viaje a Europa con don Raúl

En una cena en casa de Raúl Salinas Lozano, Raúl me pidió que acompañara a su padre a un viaje de negocios por varias partes de Europa. Pensé que era buena idea, ya que así aprovecharía para ver a mi hija y a mi familia, y preparar todos los papeles para mi regreso definitivo a México.

Desde que me conoció, su padre fue muy cordial conmigo, motivo por el que tampoco dudé en acompañarlo. Primero viajamos a París, Londres y Frankfurt, para después llegar a Madrid. En cuanto llegamos a esa ciudad, su papá se quedó y yo me fui a Sevilla en un viaje relámpago. Sólo quería ver a mi familia y ponerlos al tanto de mis planes. Ellos me recibieron entusiasmados y me apoyaron como es su costumbre. Estuve feliz de ver a mi hija y de pensar que pronto pasaríamos unos días juntas.

Después de Madrid fuimos a la clausura de la Expo Sevilla 92. Raúl Salinas Lozano se hospedó, más por diplomacia que por gusto, en una hermosa casa propiedad del entonces dueño del emporio Televisa, Emilio Azcárraga Milmo, ubicada en el barrio de Santa Cruz. La casa era maravillosa. Tenía grandes jardines y ostentosos patios, y estaba decorada al estilo andaluz, con delicadas paredes blancas y acabados exquisitamente refinados. La residencia era atendida y custodiada por un gran número de mexicanos. Hubo un repentino cambio de planes, porque Raúl en un principio me había pedido no dejar solo a su padre por su estado de salud, y ya tenía reservaciones para él, para la coordinadora internacional que lo acompañaba y para mí en el hotel Alfonso XIII. Yo me hospedé en el hotel, que también quedaba muy cerca de la casa de Azcárraga y de los actos a los que acudiríamos.

No me quedé en casa de mis familiares porque mis papás viven en las afueras de Sevilla, y como los compromisos del padre de Raúl eran temprano, él me pedía que estuviera a su lado desde que iniciaba sus actividades. Después de la clausura, todos fueron compromisos sociales, por lo que no hubo tiempo de presentarlo con mis padres. Como un gusto personal quería volver a recordar ciertas partes de España, por lo que hicimos un recorrido por toda la parte andaluza.

Mientras tanto, Raúl y yo estábamos en comunicación continua varias veces al día. Nuestras conversaciones eran muy amorosas. En esos días de convivencia con Raúl Salinas Lozano, pude darme cuenta de las buenas relaciones que tenía con altos políticos y funcionarios de todas partes. También pude conocer su debilidad por el alcohol, sus problemas de salud y la estrecha re-

72

lación que mantenía con tres de sus hijos: Raúl, Carlos y Adriana. El padre de Raúl era de armas tomar, tenía un carácter de los demonios que contrastaba visiblemente con su frágil salud.

Excesivamente dominante, siempre quería estar al tanto de cada paso que daban sus hijos. Un día lo escuché hablar por teléfono muy molesto y de inmediato se comunicó con Ofelia para decirle, con gritos y majaderías, que quería que cuanto antes se comunicara Raúl con él. Más calmado me comentó que Raúl no quería obedecer unas órdenes que le había dado su hermano Carlos con respecto al cambio de nombre de unas propiedades. Entendí que entre ellos no se pedían opiniones, se daban órdenes. ¡Y pobre de aquel que no las cumpliera!

Sin embargo, conmigo su comportamiento era suave, respetuoso y amable, al grado de platicarme de su vida y de sus experiencias por horas enteras. Sentía que me trataba como a una hija. Me decía que estaba muy contento de que fuera la prometida de su hijo y que, cuando regresara a México, él me iba a recibir en su casa hasta que nos casáramos. También conocí el lado sentimental de Raúl Salinas Lozano, al que me acercaba con el cariño que nos despierta conocer al padre del hombre con el cual uniremos nuestras vidas. En una ocasión que estábamos platicando le pregunté que si no se sentía solo, con una expresión melancólica pero con una sonrisa maliciosa me contestó que no estaba solo, que tenía a Lupita, una historia que guardaba y una persona que le había hecho conocer el amor de una buena mujer.

Un día en una de las charlas telefónicas con Raúl, sentí que estaba serio, preocupado, pero sólo se limitó a decirme que los planes habían cambiado y no quiso darme detalles sino hasta que regresara a México. Fue el primer momento en que pensé que algo andaba mal pero no supe precisar qué era exactamente lo que sentía. Tampoco tenía mucho tiempo de llegar a más conclusio-

73

nes, el viaje con su padre continuaba y las reuniones sociales también.

Habiendo cumplido con su agenda de compromisos en Europa, Salinas Lozano regresó a México y yo permanecí más tiempo en Sevilla. El teléfono no dejaba de sonar. Si no era Raúl, era Ofelia para algún asunto relacionado con mis papeles, o bien recibía la llamada de Raúl Salinas Lozano para saludarme. Tenía los nervios de punta y trataba de organizar mis ideas, planear mi viaje y el traslado de mi hija para cuando terminara el ciclo escolar.

Si por algún motivo había salido y Raúl no me encontraba, cuando llegaba a casa de mis padres ya había varios recados, e incluso llegaron a localizarme en donde estuviera, para avisarme que era urgente que me comunicara con él. Cuando por fin me encontraba no se cansaba de hacerme preguntas acerca de dónde había estado y con quién. Pacientemente le respondía porque sentía que era un pequeño arrebato de celos que en el fondo halagaba mi vanidad de mujer.

En ese tiempo Raúl llegó a Madrid sin avisarme, procedente de San Diego. Volé de inmediato de Sevilla a esa ciudad. Fue un encuentro maravilloso y por varios días la pasamos fenomenal. En una de aquellas pláticas Raúl me confirmó lo que ya antes había escuchado de labios de su padre. Me comentó que su hermano Carlos le había pedido que se preparara, que había que hacer varios movimientos en su trabajo y en algunas propiedades que tenía, pues estaba muy cerca el fin del sexenio y no era conveniente que apareciera como propietario, porque México no se lo perdonaría.

También tenía que dejar los cargos públicos y mudar su oficina de Barranca del Muerto e Insurgentes a su casa de Reforma 1765. En el viaje a San Diego, había cumplido una de las primeras órdenes de Carlos: rentar una casa en La Jolla, para que ese lugar le sirviera de oficina mientras él daba un curso en la universidad de aquel lugar asistido por un tal doctor Reyna. Todo esto me resultaba muy confuso, pero Raúl me repetía que así era la política en México, que todo lo que hacían era para que no hubiera problemas ni habladurías, porque en su país todos eran una bola de envidiosos.

Raúl tenía que ir a París y yo regresé a Sevilla. Nuestra relación, a mi parecer, iba viento en popa. En cuanto llegara a México sólo esperaríamos a fijar la fecha de la boda. Ahora sé que desde 1992 se empezaron a dar cambios inusitados en la familia Salinas de Gortari. Se acercaba el gran escándalo para Raúl y una cruel realidad para la vida política de México.

Mi regreso definitivo a México

Aquí estaba de nuevo. Llena de ilusiones y con un corazón que ya extrañaba esta tierra y a su gente. Ahí estaban también esperándome en el aeropuerto Raúl y Ofelia. Y de nuevo las palabras de amor y las promesas. Como su prometida, me establecí permanentemente en la casa de Raúl Salinas Lozano; conforme a lo planeado, saldría de ahí para convertirme en esposa de su hijo. La casona se encontraba en la calle de Suchil 159, en la colonia El Carmen, Coyoacán. Al principio me sentí un poco extraña porque la casa era muy grande y sólo vivíamos ahí el padre de Raúl y yo. En mis recuerdos de aquellos días no hay ni uno malo, ya que durante mi estancia sólo se reafirmó la amistad que había iniciado con el padre de Raúl desde nuestro viaje juntos por Europa.

La entrada principal tenía una caseta de vigilancia donde se registraba a todas las personas que llegaran para cualquier asunto. En el frente había un enorme jardín, que más bien parecía

75

un pequeño bosque. Había un largo camino empedrado que subía hasta la casa. En el trayecto, del lado derecho se encontraban unas lindas casitas donde vivían los vigilantes, que en total eran cuatro. Del lado izquierdo, al fondo, había una construcción de tres salones para fiestas y reuniones de trabajo y un cine. Más atrás estaban las bodegas, la casa del chofer privado, el frontón y la piscina. En el centro del gigantesco jardín trasero, se encontraban enterrados los restos de la madre de los Salinas, Margarita de Gortari.

Llegando a la entrada de la casa había una explanada para estacionar los automóviles. Un amplio recibidor con muebles antiguos y un piano de cola era la primera habitación de la casa. Había cinco salas: la azul, la rosa, la verde, la china y la de los recuerdos. Esta última estaba llena de fotografías de todos los integrantes de la familia Salinas y de otras acompañados de los grandes personajes de todo el mundo que habían conocido.

El comedor era un espacio amplio y luminoso que daba a los jardines y tenía una mesa para más de veinticinco personas. El antecomedor estaba construido en un espacio abierto a las áreas verdes y frente a él se levantaba una hermosa construcción de dos pisos y sótano que era la biblioteca personal de Raúl Salinas Lozano. Había miles de libros, ni él mismo sabía la cantidad. Las mejores enciclopedias, colecciones de bellos volúmenes con pastas de piel, libros de arte, de historia universal, de historia de México y de los autores mexicanos y extranjeros más reconocidos. En cada nivel había privados y oficinas para usarse de manera independiente, a veces trabajaban ahí bibliotecarios y restauradores.

En su recámara había otra pequeña biblioteca; le encantaba estar rodeado de libros y era un excelente conversador y maestro. Nos pasábamos largas horas charlando, y tenía siempre una respuesta para todo lo que le preguntaba con respecto del país o de otras cuestiones. En general la casa estaba decorada con un gusto recargado pero siempre impecable. Para su mantenimiento todos los hermanos Salinas daban una contribución mensual, obviamente los que más aportaban eran Carlos y Raúl. El personal doméstico estaba formado por cuatro vigilantes del Estado Mayor, dos jardineros, tres muchachas, una cocinera y el ama de llaves, una mujer madura que era de toda la confianza de la familia y que siempre me trató con delicadeza. Todas las habitaciones de la casa estaban abiertas, excepto la que había pertenecido a la madre. Un día le ordené a María Isabel, el ama de llaves, que la abriera para que se ventilara un poco, y me sorprendió ver que todas las cosas y objetos estaban como si la madre de Raúl viviera ahí todavía.

En nuestras pláticas a veces tocaba el tema de su familia. Tanto él como su esposa siempre estuvieron de acuerdo en que el objetivo de la educación de sus hijos, principalmente de Raúl y Carlos, era que fueran hombres poderosos en la vida política de México. No podían tener otro destino. Continuarían con su trabajo y, además, lo superarían. Se enorgullecía cuando hablaba de la disciplina y las ideas con las que los había preparado para llegar al poder. Raúl era el hijo predilecto de Margarita de Gortari, decía. Y no podía creer que él no hubiera llegado a ser presidente. Para esto Raúl Salinas Lozano tenía una explicación. Decía que Carlos era brillante pero Raúl más. Sin embargo, la vida personal de Raúl no había sido la "adecuada" para llegar a ese sitio, pues se había divorciado dos veces. En cambio Carlos, en ese sentido, era intachable.

Y Carlos fue el elegido, aunque llevara sobre sus espaldas la sombra de Raúl. No quería que cometieran ningún error. Todo lo relacionado con su trabajo y sus vidas él lo tenía que saber antes que nadie, cualquier movimiento, cualquier decisión. Siem-

77

pre estaba al acecho. Claro que el padre de Raúl sólo hablaba de su vida como funcionario político y como padre de dos poderosos, su vida personal era punto y aparte. Incluso Raúl me pidió que en esas charlas con su padre, le preguntara acerca de su vida personal, cosas más íntimas de su historia, porque quería hacer un libro de su padre y su familia. Para él aquel hombre también era un enigma.

Por otro lado, nuestra convivencia cotidiana era tranquila; lo ayudaba en todo lo que podía, hasta le pintaba el bigote porque era muy coqueto y le gustaba estar presentable y bien vestido. Trabajaba y salía constantemente, pero siempre que llegaba preguntaba por mí o me llamaba a mi cuarto para ver cómo estaba y lo que había hecho en el día. Adriana y Raúl eran los que más lo visitaban, y todos los miércoles comía en casa de Raúl con sus nietos.

Raúl y yo como pareja nos habíamos adaptado muy bien. Estábamos en la etapa de una pareja unida que poco a poco se descubre y alimenta un amor más sólido, más comprometido, por lo menos eso pensaba yo. Viajábamos constantemente a San Diego, a Monterrey, y los fines de semana a Acapulco. Su trabajo era para mí un asunto en el que yo muy pocas veces tenía que ver, sin embargo, me agradaba ayudarlo en todo lo que me pidiera. Se sorprendía de que siempre estuviera dispuesta y preparada para cualquier ocasión, ya fuera de trabajo o alguna cuestión social. Esa parte era la que más le gustaba de mí, que fuera una mujer dinámica y activa.

Sin embargo, había algo que me abrumaba de nuestra relación. En un inicio sus celos me halagaban, pero cada vez se iba haciendo más posesivo y dominante. Si no nos podíamos ver por algún motivo, casi siempre por sus frecuentes citas de trabajo, me pedía que dejara mi celular prendido día y noche para que a cualquier hora pudiera localizarme y yo decirle dónde estaba y con quién. Aunque esto me causaba incomodidad, no quise encontrar más respuesta que la del amor.

En los casi dos meses de mi estancia allí todo marchaba bien, no obstante, empecé a notar un interés fuera de lo común de su hermano Enrique por mí. Esto me incomodó y se lo hice saber a Raúl quien, enojado, me contestó que su hermano siempre le había envidiado todo, el rancho, la casa, la mujer, los puestos públicos. El asunto también llegó a oídos del padre y el señor se enfureció y empezó a decir groserías y a vociferar que cómo un hijo suyo podía ser tan sinvergüenza. Decidimos que lo mejor era que me mudara a la casa de Raúl.

Estábamos pasando por esta situación, cuando un día Raúl acudió a una comida celebrada en Los Pinos con su hermano Carlos. Desde aquel día ya nada fue igual. En esa conversación se había decidido mi vida sin yo saberlo. La actitud de Raúl cambió por completo. Se alejó de mí sin darme ninguna explicación por alrededor de una semana; ni su padre ni sus hermanos sabían nada de él. Yo estaba tan confundida y molesta que no quise ni llamarle por teléfono; nunca he sido mujer que busque a un hombre, cualquiera que haya sido el motivo del disgusto. Pero la terrible noticia que recibí después no la hubiera imaginado ni en la peor de mis pesadillas.

Mi desencanto amoroso

Finalmente, se presentó a una comida familiar por motivo del aniversario luctuoso de doña Margarita de Gortari. Fue ahí, junto a la tumba de su madre, donde me explicó que me amaba profundamente, que nuestra relación era hermosa, pero que por desgracia no iba a cumplir su palabra de matrimonio, ya que por ser

79

el futuro gobernador de Nuevo León, tenía que casarse con una mexicana. Yo me quedé impávida. Él, sin dejarme hablar, me repetía que me amaba, que no lo dejara solo. Llegó incluso a arrodillarse ante mí y llorar, en lo que parecía una reacción sincera y amorosa de su parte.

La decisión de venir a México había sido equivocada pero no quería aceptarlo, y no quería aceptar ante mi familia que Raúl se iba a casar con otra mujer porque así convenía a sus intereses políticos. Sus argumentos me parecían tan egoístas que le reclamé el hecho de que ya se hubiera casado antes con un chilena, le dije que por favor no me creyera tan tonta. Me contestó que ahora su carrera política no le perdonaría otro error en su vida personal, por lo que se tenía que casar con una mexicana sacrificando el amor y su propia vida. "Mi voluntad no cuenta, María, pero sólo será por unos cuantos meses; compréndelo, mi amor, tú eres buena y sabes que lo nuestro va más allá de los convencionalismos sociales. Tú no estás junto a mí ni por mi poder, ni por mi dinero, sabrás esperar."

Mentiría si dijera que me desilusionó completamente en ese momento, pero había algo en su rostro y en el tono de su voz que me decía que esa explicación no era tan sencilla. Sin duda me conocía bien y estaba seguro de que yo no tendría el valor de dejarlo. ¡Y quién, estando enamorado, no ha sentido el temor del alejamiento del ser amado! Lo único que quería era permanecer a su lado, sentir sus caricias y escuchar sus palabras de amor interminables, como consuelo para no pensar que, al aceptar esa situación, estaba cometiendo el error más grande de mi vida.

Ya no era un cuento de hadas, era mi triste realidad. Me negaba a aceptar esa situación que parecía absurda y cruel y no podía creer que ese hombre, libre de decidir su vida, me hiciera eso. La justificación que me daba al decir que en esos momentos no importaba nada, ni su sufrimiento, ni mi desilusión, que sólo importaba lo que después ganaríamos, sólo expresaba su ambición de poder y echaba por tierra sus demás palabras de amor, que yo había aquilatado en mi corazón y en mi alma.

La profunda herida que me había causado me hizo rechazarlo. Entonces Raúl cambió radicalmente su actitud, ahora era un hombre autoritario que exigía algo de su propiedad y amenazaba con no dejarme marchar a España. Entre convencida y atemorizada decidí continuar a su lado. Me sentía desamparada en un país lejano y con un hombre que ya no era el Raúl que yo había imaginado. Ahora era otro, un hombre poderoso y desconocido que no sabía lo que sería capaz de hacer. Ya no contaba mi voluntad, era Raúl el que ordenaba. Tenía que tener fe en él o todo mi mundo se derrumbaría.

Le dije que necesitaba tiempo para recapacitar y que quería estar un poco alejada de todo. A pesar de mí misma y de las terribles circunstancias, trataba de acallar mi desilusión con palabras y pensamientos de falsas esperanzas. ¡Cómo no sacrificar tres o cuatro meses por toda una vida de felicidad junto al hombre que me había dicho tantas veces que me amaba y por el que dejé mi país y a mi familia! Ni siquiera tuve el valor de preguntarle quién era la mujer escogida para llevar a cabo esa farsa.

Fue Raúl quien después de algunos días se empeñó en ponerme al tanto de la mujer que habían elegido para el papel protagónico de la esposa perfecta del gobernador de Nuevo León. Me dijo que esa mujer se llamaba Paulina Castañón y que estaba de acuerdo con la boda planeada. "Es una mujer con bastante experiencia en asuntos relacionados con la alta sociedad, el poder y las mañas que se requieren para tratar con esa gente", me comentó con sarcasmo. Recuerdo que llevaba en sus manos una especie de expediente en el que hacían una descripción completa

81

del carácter, los defectos y las virtudes de Paulina. Raúl parecía hojearlo como si se tratara de un libreto de telenovela y él fuera el crítico más burlón. Yo no podía dar crédito a los juicios que hacía con respecto a la que, aunque en apariencia, pronto sería su esposa.

Con cinismo se refería a que era una persona hipocondriaca que cargaba toda una farmacia en el bolso y que por cualquier motivo se enfermaba. "Tienes que conocerla tú también, amor, para que te des cuenta que esa mujer no podrá nunca ser mi compañera ni compararse contigo", decía Raúl sonriendo maliciosamente. Siempre terminaba convenciéndome o yo terminaba por dejarme engañar.

El verdadero Raúl Salinas

Mi nueva y dura realidad me empujó a buscar un respiro y fue en el trabajo donde creí encontrarlo. Como lo habíamos convenido desde antes, dejé la casa de su padre y me fui a casa de Raúl. Quería evadirme y también sentir que, de alguna manera, estaba haciendo algo para mi propio bien. Con esta convicción le pedí a Raúl colaborar en los asuntos que creyera pertinentes; a él la idea le pareció magnífica y conociendo mis habilidades para organizar y administrar, me puso a la cabeza del inventario que se realizaba en Las Mendocinas. Este trabajo constituía parte de los supuestos cambios de propietario de los ranchos y las casas.

Ahora a la distancia veo claramente la sangre fría de Raúl para manipular todo y a todos los que giraban alrededor de su vida. Primero sería gobernador y luego presidente de México. ¿Cómo no iba a ser capaz de lograr su objetivo si supo manejar a toda una nación detrás de Carlos? Raúl estaba eufórico, casi enloquecido, y no le importaba renunciar a todo con tal de ser por fin el protagonista nacional. Constantemente decía: "Seré un gran mandatario". Pero Raúl no soñaba, planeaba y exigía que este país tenía que ser de los Salinas y de nadie más. "En México hay muchos Salinas", sentenciaba.

Mientras sus planes se hacían realidad, durante dos meses viajé en helicóptero todos los días a Las Mendocinas, con la esperanza de darle tiempo a Raúl de recapacitar y valorar nuestra relación. Pero no fue así, él cada día se cegaba más y por mi parte yo pedía que ese espacio me devolviera la tranquilidad que reinaba en mí antes de conocerlo. No dejaba de buscar una respuesta al por qué cuando uno llega a esta tierra se vive con tanta rapidez, como si se devorara el tiempo. Quería parar todo y así me lo exigía, pero había un obstáculo: Raúl.

Desahogaba toda mi desilusión en el trabajo. Llegaba a las ocho de la mañana a Las Mendocinas y regresaba a casa de Raúl como a las seis de la tarde. A cada una de las pertenencias de aquel lugar se le tomaba una fotografía y luego se empacaba perfectamente con su número y forro correspondiente y en orden alfabético. Las fotografías con todos los datos eran ordenadas en carpetas numeradas y tituladas, para que si por algún motivo se necesitara localizar algún objeto, éste pudiera identificarse de inmediato.

En ese trabajo colaboraron conmigo Ana María Rodríguez y María del Carmen Tielve, además tenía a mi cargo más de diez hombres para mover cosas, empacar y cargar. Yo me ocupaba del inventario de las cosas de más valor, como los cuadros, las antigüedades, las vajillas, las piezas arqueológicas y los objetos de plata y oro. Recuerdo que cuando se desmanteló la armería, me sorprendió ver la cantidad de piezas que había, y también las diversas obras de arte que adornaban Las Mendocinas, entre las que se encontraban cuadros de Rufino Tamayo e impresionantes esculturas.

Por supuesto, Raúl ya había trasladado sus oficinas a su casa desde hacía algunos meses, y durante ese tiempo conocí a algunos de sus amigos y a los políticos con los que se reunía. Me di cuenta de que algunos de los amigos cercanos de Raúl eran personas "grises", por llamarlos de alguna manera. Roberto González, Adrián Sada, Abraham Zabludowsky, Jesús Gómez Portugal, Salvador Giordano, Federico Jaime de la Mora, Mier y Terán, Manuel Muñoz Rocha, Alejandro Rodríguez, Carlos Peralta y Manlio Fabio Beltrones son los hombres a los que pude conocer en diferentes ocasiones. Una vez que Raúl tuvo poder y dinero, es decir, a partir de que su hermano fue presidente, a los de su mayor confianza los llamó para colocarlos en puestos estratégicos.

También en esos días conocí a Paulina Castañón, el fantasma que había llenado de sombras mi vida. Fue una tarde en que llegué de trabajar en Las Mendocinas y entré despreocupadamente a la sala donde acostumbraba descansar y escuchar música antes de cenar. Lo primero que vi fue la figura de Raúl sirviendo unos tragos y, al voltear la mirada, vi a una mujer sentada muy a gusto en uno de los sillones. La reacción alterada de los dos me hizo adivinar de quién se trataba. Sin darles tiempo a más me presenté tranquilamente con la invitada, y Raúl presuroso me dijo que la señora era Paulina Castañón. "Encantada", fue la palabra que pronuncié antes de salir de inmediato de la habitación. Sin embargo, no había sido una sorpresa. Me la había imaginado tal cual era. Una señora madura, de apariencia elegante y educada, de rasgos finos, sonrisa fingida y, por supuesto, rubia.

Después del inventario en Las Mendocinas todo quedó guardado en las bodegas. A mí me dijeron que la propiedad se puso a nombre de Jesús Gómez Portugal y se decoró con otros muebles y objetos. Como yo no quería dejar de trabajar, me nombraron jefa de Relaciones Públicas de la empresa MASECA, cuyo director era Roberto González. Pero en realidad cumplí las funciones de sobrecargo en el jet de la compañía, y viajaba junto con la tripulación y Raúl a todos los sitios donde éste tenía compromisos de trabajo o a los lugares donde se tomaba unos días de descanso.

Viajábamos a Monterrey, Hermosillo, San Diego, Houston, Los Angeles y Acapulco. Para Raúl nuestra relación seguía igual, yo en cambio sentía mucho recelo pero no sabía con certeza cómo aclarar mis sentimientos. Sus palabras de amor y el largo tiempo que pasábamos juntos me hacía alentar esperanzas. En el trayecto de algunos de esos viajes, Ofelia le llamaba para comunicarlo con Paulina. Él contestaba al tiempo que me miraba y me decía en voz baja que era una cuestión de elemental educación. Su conversación con Paulina se centraba en los preparativos de la boda y en preguntarle por los diversos achaques que padecía. Era obvio que Paulina sabía que yo estaba junto a Raúl en esos momentos.

A la casa de Raúl empezaron a llegar los arquitectos y el personal contratados para realizar una impresionante obra de remodelación. Tomaban medidas, examinaban los espacios, dibujaban y planeaban. Yo me encargaba de atenderlos y darles cualquier información que necesitaran. Un día estaba en esos menesteres, cuando llegó Ofelia y me pidió que la acompañara a un asunto que le había encargado Raúl y que era urgente. Ya en el camino Ofelia me puso al tanto de que íbamos a otro rancho que tenía Raúl en Contadero, Cuajimalpa, que se llamaba El Refugio, para recoger algunas cosas personales que estaban ahí.

El lugar había sido el escondite amoroso de Raúl y Margarita Nava, y ahora estaba vacío. También me platicó que tenía otra casa en Las Lomas donde se reunían cotidianamente. Ofelia estaba asombrada porque ella hasta ese momento nunca supo de esas propiedades y no entendía cómo Raúl había guardado tan

85

bien el secreto. Llegamos de noche y no tuvimos tiempo ni de ver bien el sitio, sólo recogimos como unas veinte cajas de ropa que Raúl tenía ya listas para llevar. Lo único que pude observar era que, como todas sus propiedades, era inmensa y estaba ubicada en un bello lugar.

Ofelia Calvo, María del Carmen Tielve y Elizabeth García Jaime asistían a Paulina en los preparativos de la gran boda. El menú, las invitaciones, los recuerdos, la disposición de los lugares de cada invitado, los arreglos florales y la mantelería, etcétera, etcétera. Por el mismo motivo Paulina entraba y salía de la casa y nuestros encuentros eran frecuentes, pero a la distancia nos limitábamos a mirarnos de reojo y punto, ni un sí ni un no. Curiosamente, uno o dos meses antes de la celebración, a Raúl le dio una especie de depresión nerviosa que lo tenía muy desmejorado, pues a pesar de que sus actividades continuaban con el mismo ritmo que de costumbre, él parecía estar ausente y decaído. Dejó de hacer ejercicio, bajó de peso y cuando estaba en la casa, todo el tiempo andaba de pants y gorra, algo inusitado en su persona. Insistía en que yo tenía que estar a su lado, que no me podía ir dejándolo así.

Pretendía volver a nuestra convivencia amorosa y se esforzaba en agradarme, pero todo era inútil, me había lastimado de más. Jamás he sido rencorosa ¡pero cómo volver a acercarme a ese ser que ya no conocía! Lo único que compartíamos era un sentimiento de tristeza, y yo empezaba a sentir muy lejano a aquel hombre. Trataba de disimular el dolor del corazón. Esperaba el día como quien espera pasar un trago amargo que al paso del tiempo se desvanecerá en el olvido. ¡Qué equivocada estaba!, la boda sólo era el preludio de muchos acontecimientos que hoy quisiera borrar por completo de mi mente y mi corazón, pero que desgraciadamente han quedado grabados por siempre.

La boda

Finalmente el día había llegado, era el 5 de junio de 1993. Tras una gripe nerviosa que no lo dejó durante dos meses antes de su boda, Raúl estaba peor que nunca. Caminaba de un lugar a otro; no se había bañado ni rasurado; era evidente: Raúl no quería casarse. Le recordé que había dado su palabra y lo ayudé para que se apurara; mejor dicho, casi lo empujé para que no desistiera de casarse. "María, quiero que vayas conmigo, quiero que estés presente para que yo pueda estar tranquilo, para recordar en todo momento que todo esto es por nuestro bien", me dijo con los ojos llenos de lágrimas. Sabía y tenía la conciencia clara y plena de entender que yo era su fuerza, que si lo abandonaba él se vendría abajo.

Sin explicarme aún por qué lo hacía, me apuré a darle el traje que había comprado para la ocasión y le aboteé la camisa; mientras, Raúl no dejaba de decirme que por favor lo acompañara, para que le diera el valor que necesitaba. Sentía que me hablaba con el corazón en las manos, y creí mi deber moral entender su petición por dolorosa que fuera, así que, en un gesto amoroso pero sobre todo humano, acepté y tuve la fortaleza para verlo unirse en matrimonio con otra mujer. La cita era a la una de la tarde; Raúl fue por Paulina para llegar juntos a la casa de su padre, donde se llevaría a cabo la ceremonia.

Yo me arreglé mientras trataba de detener los pensamientos que golpeaban en mi cabeza y respiraba profundamente para sacar algo del sufrimiento que me oprimía el pecho. Al poco tiempo estaba ya en la entrada de la residencia de Salinas Lozano. El bello jardín principal estaba dispuesto con una enorme carpa, elegantes mesas con infinidad de arreglos florales y una pista de baile. A comparación de otros festejos, éste parecía en verdad modesto y sobrio. El ambiente era frío y tenso, los más de doscientos invitados aguardaban la llegada del que sería el testigo principal: Carlos Salinas de Gortari; su esposa Cecilia Ocelli y sus hijos ya estaban en la casa.

Entre los invitados que recuerdo se encontraban casi todos los funcionarios del gabinete presidencial y políticos, ya que por órdenes estrictas de Carlos Salinas no se invitó a los empresarios, pues esa situación podía prestarse a malas interpretaciones, según algunos comentarios de los colaboradores cercanos de Raúl. El que hizo el coraje de su vida fue Roberto González, a quien Raúl llamaba don Robert, pues era íntimo amigo del novio y se sentía como de la familia, pero las llamadas de su amigo y las amplias explicaciones que le dio lo apaciguaron. Todos los colaboradores de confianza de Raúl estuvieron presentes, menos Ofelia, quien había tenido a su primer hijo unos días antes. Nunca olvidaré que ahí también estuvieron Manuel Muñoz Rocha y José Francisco Ruiz Massieu.

Cuarenta minutos más tarde de lo programado llegó el señor presidente. Nadie podía creer lo que veía: el distinguido personaje hizo su aparición en ropa deportiva y transpirando, era evidente que llegaba de hacer ejercicio. Sin ningún miramiento entró rápidamente a la casa y desapareció. Más tarde, la ceremonia se realizó en uno de los salones privados; por supuesto yo no estuve presente. Después de la comida y mientras los novios departían de mesa en mesa con los invitados, Carlos Salinas, ya vestido formalmente, se acercó a mí para saludarme. Era la primera vez que estábamos cara a cara. Muy amable, me preguntó que cómo me sentía en mi estancia en México. Raúl y su padre se unieron a nuestra plática y, al tratar de retirarme, él me detuvo suavemente del brazo diciéndome: "María, lo siento, amor, perdóname, esto lo hago por los dos. Te juro que este sufrimiento te lo voy a compensar. Jamás te vas a arrepentir de apoyarme en esta difícil decisión; perdóname, amor". Traté de sonreír y apresuradamente me dirigí a mi mesa. Recuerdo que durante la fiesta en varias ocasiones mi mirada se cruzó con la de Carlos y en ella dejó ver siempre una disculpa a la actitud de Raúl; me sonreía afectuosamente como apoyando mi decisión de entender al hombre que amaba. Al poco rato vi cómo de manera intempestiva salía de la fiesta el presidente con todo su séquito de acompañantes. Unos minutos después, la mayoría de los políticos del gabinete presidencial también se marcharon.

En la celebración el padre de Raúl y sus hermanos Adriana, Sergio y Enrique, se comportaron conmigo más amables que nunca. Yo no sabía si enojarme o censurarme por tener un corazón débil ante el hombre que decía amarme pero que se había casado con otra. Ya con copas encima Raúl empezó a cantar con el mariachi, lo acompañaba su amiga, la famosa cantante Guadalupe Pineda. Enrique Salinas se acercó a mi mesa y al verlo, Raúl de inmediato llegó hasta el lugar, se acercó a su hermano y le hizo una seña para indicarle con violencia que se fuera de ahí. Raúl me invitó a bailar. Lo miré larga y fijamente a los ojos, me di cuenta de su lamentable estado y molesta le pedí que se retirara porque estaba haciendo el ridículo. Ante los invitados sólo me limitaba a sonreir. A lo lejos veía cómo la novia entregaba, junto con sus colaboradoras María del Carmen Tielve y Elizabeth García Jaime,

89

el costoso recuerdo de la boda: una cruz de Yalalá. Días antes de la boda, cuando vi por primera vez aquella cruz, no me significó nada bueno. Para mí la cruz que todos conocemos es la que cargó con su infinita bondad Nuestro Padre para redimirnos del pecado, y es una cruz llena de dolor. La cruz de Yalalá es una cruz de la que cuelgan tres cruces más, por lo que me pude imaginar, y más tarde confirmar, que algo extraño había en ese objeto.

Cecilia Ocelli, Marcia Cano, esposa del diputado Manuel Muñoz Rocha, y la esposa de José Francisco Ruiz Massieu, fueron algunas de las mujeres a las que se entregó la cruz. Todas ellas dan testimonio de las lágrimas que les trajo el famoso recuerdo. Tiempo después, por un rumor de las secretarias de Raúl, me enteré de que esa cruz simbolizaba llevarse con ella las lágrimas, las enfermedades y todos los pesares del nuevo matrimonio, para sufrirlos en carne propia, y que Paulina, aconsejada por alguna persona, las había dado con esa intención, pues ella era una mujer muy supersticiosa. Lo que nunca le dijeron fue que si ella guardaba una de estas cruces correría la misma suerte. Y claro, Paulina, que tenía la cabeza no sé en dónde, guardó una en su bolsa.

Sin despedirme, regresé a casa de Raúl por algunas de mis cosas y me marché al departamento de Avenida México, frente a los Viveros de Coyoacán, donde ya estaba todo preparado para quedarme ahí definitivamente. Raúl llamó a su casa buscándome y, al darse cuenta de que ya me había ido, despertó a Gómez Gutiérrez para que le diera el teléfono del departamento. Al recibir la llamada, por las voces y la música, me di cuenta que seguía en la fiesta. Sus palabras fueron de nuevo tentadoras expresiones de amor, que me confirmaban, aunque ya era un hombre casado, que Raúl seguía amándome y no podía apartarme de su pensamiento. Lo que a mí me conmovía era escuchar que él sufría pues serían más de dos meses los que tendría que estar lejos de mí. Sus promesas eran tan convincentes que tontamente pensaba que cuando se quiere como él decía quererme, el tiempo que fuera no sería capaz de menguar nuestro amor, fe y confianza. Creía en él. Mil veces me dijo "te amo", mil veces juró no olvidarme. ¿Cuántas veces prometió por su madre no tocar a esa mujer?

Los días que siguieron

Mi vida siguió concentrada en el trabajo, que ahora consistía en supervisar la impresionante remodelación que se llevaba a cabo en casa de Raúl. Todos los días llegaban a trabajar casi un ciento de albañiles y el arquitecto Enrique Álvarez era el encargado de coordinar el proyecto. Todo sin excepción, hasta la cocina, fue remodelado. Se instalaron unas oficinas prefabricadas para que ahí siguiera trabajando todo el personal privado de Raúl y se atendieran los diversos negocios de su agitada vida como político y empresario. Yo también tenía un lugar en las oficinas por el trabajo que desempeñaba.

Cerraron la piscina que estaba en el jardín central y construyeron una espectacular terraza estilo pérgola pero cerrada; luego vendrían el elegante comedor, la sala y diversos estudios. El cuarto de Raúl se amplió debido a los nuevos y enormes vestidores; junto con una especie de sala de estar, daba la impresión de ser uno de los cuartos más grandes de la casa. Las habitaciones de los hijos de Raúl quedaron casi iguales, y arriba de ellas se construyeron las recámaras y los estudios de las hijas de Paulina. En el fondo del jardín se construyó una nueva piscina rectangular, y el terreno destinado para los jardines, fue embellecido con flores de todo tipo y preciosos árboles frutales.

Pero este trabajo arquitectónico no sólo se debió a su casamiento, también tenía el propósito de construir las oficinas de

91

Raúl y su biblioteca, para que quedaran definitivamente en ese lugar. En la nueva biblioteca se tomaron todas las providencias para que todo quedara resguardado y se tuviera un acceso secreto a la oficina privada de Raúl. Este acceso, muy parecido a los de las viejas películas de suspenso, simulaba ser parte del librero pero en realidad era una puerta que se abría al levantar un libro. Por la exuberante cantidad de dinero que Raúl se gastó en esa remodelación, hubiera sido preferible que comprara una nueva casa adecuada al gusto y a las necesidades de su nueva vida. Pisos de mármol y de parquet, finísimos acabados en madera, costosos tapices y cortinas, y una nueva decoración de muebles y accesorios.

En esos días pasé mucho tiempo con el hijo de Raúl, Juan José. Con él mi relación era excelente; salíamos a muchas partes, al cine, a comer o a cenar. Me tenía la suficiente confianza como para expresar su rechazo por Paulina. Ilusionado, esperaba el rencuentro con el padre tras su regreso de la luna de miel para ir con él a una cacería de leones en África. Por esa razón me pidió que lo acompañara a comprar todas las cosas que necesitaba, pues partiría con el mayor Chávez en poco tiempo. Muy independientemente de lo bien que nos llevábamos, observaba con cierta tristeza que Juan José había heredado el carácter de los Salinas. Con su familia y gente cercana era un amor, pero con extraños era prepotente, soberbio y cruel, hasta superar por mucho la escuela de su padre y su abuelo.

Mientras se realizaba esta prolongada obra, decidí irme de vacaciones a Sevilla con mi familia y así se lo hice saber a Raúl en una de nuestras conversaciones telefónicas; él nunca dejó de hablarme ni de enviarme todos los lunes un ramo de rosas rojas, para mantener así viva la llama del amor. Por mi constante comunicación con mi madre, ella ya estaba enterada de la situación, y no la comprendía pero la aceptaba ya que es una persona que siempre ha respetado la vida privada de sus hijas; nos apoya pero nos da la seguridad de crecer en ese libre albedrío, con la confianza de habernos otorgado una educación digna y responsable.

Cuando me encontré en Sevilla con mi padre, él estaba muy serio y me pedía muchas explicaciones, pero la alegría de compartir juntos algunos días fue al final más importante que todos los regaños y consejos que en ocasiones intentó darme. Las palabras con las que trataba de hacerlo entender mi situación eran que él también amaba a mi madre y debía de saber todo lo que se hacía por un amor. La estancia resultó muy agradable y tuve tiempo de valorar lo mucho que quería a los míos y de sentir que ese amor era correspondido por ellos. En esa ocasión mi hija Leticia y yo planeamos que en poco tiempo ella se iría conmigo a México. Fue lógico que mis padres rechazaran la idea de separarse de su nieta por el cariño y las atenciones que le prodigaban pero la decisión era mía. Sin embargo, resolví que lo mejor era esperar un poco más.

A mi regreso creí encontrar en Ofelia a la persona indicada para tener una buena amiga y un tiempo de distracción a su lado, cuestión que a ella también parecía agradarle porque me demostraba una sincera amistad. Por ese motivo nuestra relación se hizo muy estrecha. Conocí a su madre, a su padre, a sus hermanos y a toda su familia, así como a sus amigos más cercanos. Me invitaba a sus fiestas o reuniones y con cualquier pretexto me pedía que la acompañara a diversos asuntos de trabajo que atendía personalmente. Poco a poco sentía que eran como de mi familia y hasta llegué a pensar que Ofelia era otra hermana más, por las cosas tan importantes que compartíamos en ese tiempo.

No sabía que todo eso era un teatro arreglado por Raúl para que esta mujer me mantuviera vigilada de día y de noche y alejada de algunas cuestiones que a ninguno de los dos les convenía que yo supiera. Ella le pasaba un reporte diario de todo lo que yo y sus hijos hacíamos, dónde y con quién habíamos estado, a qué hora llegamos a la casa, qué comíamos, y toda la información que Raúl le pidiera al respecto de nuestros movimientos. Sin embargo, el cariño y el agradecimiento que aún siento por la señora madre de Ofelia no se ha acabado.

A mitad del viaje de luna de miel, Raúl llegó a la ciudad de México por un asunto urgente que tenía con su hermano Carlos y del cual no quiso mencionar ni media palabra. Se la pasó conmigo casi todo el tiempo sin hacer otra cosa que quejarse y decirme lo mucho que me había extrañado. No soportaba a aquella mujer, tan artificial e hipocondriaca, así la definió en su charla. Me comentó que en cuanto sus planes se llevaran a cabo volveríamos a nuestra vida anterior de felicidad. Partió de nuevo para continuar el viaje con esa promesa en sus labios, y yo sentí que a pesar de todo podía compartir con ese hombre sus ideales y sus sueños.

Mientras continuaba con mi vida y lo que yo consideraba mi trabajo como la verdadera compañera de Raúl —pues él siempre me dijo que todo aquello por lo que estábamos luchando algún día lo disfrutaríamos como marido y mujer, unidos por el amor y no por la conveniencia de su forzado matrimonio—, mi mente se enfrentaba a mi corazón en luchas que terminaban por vencer a la razón. Pero el choque de sentimientos y realidades que vendrían a la llegada de Raúl y Paulina, era algo que aunque lo esperaba, nunca tuve la certeza de sus verdaderos alcances.

El regreso

Hubo tiempo suficiente para reflexionar conmigo misma

y, lo más importante, no engañarme más. Creí que tendría la fuerza de voluntad de quien ha sido traicionado, pensé asirme buscando en mis raíces la dignidad y el respeto para crecer en la rebeldía del desamor. A la llegada a México de Raúl —quien aunque tenía mil asuntos pendientes lo primero que hizo fue ir a buscarme para decirme lo mucho que me extrañaba y necesitaba—, le expresé fríamente mi decisión. Fueron más de dos meses de alejamiento e interrogantes que no me dejaban en paz.

Raúl no podía dar crédito a mis palabras, no podía creer que yo fuera capaz de apartarlo de mi vida, no aceptaba que en tan poco tiempo lo rechazara de esa manera. Aunque en los primeros minutos quiso mantener una reacción comprensiva y tolerante a mi indiferencia, al sentir que mi rechazo era verdadero se transformó en un Raúl violento y agresivo. Quedaron al descubierto las distintas personalidades que habitaban en él. Nunca después de ese momento pude encontrar tranquilidad, pues el miedo que sentí al principio con sus gritos y aspavientos, se convirtió en pánico y terror en la medida en que continuaba nuestra discusión.

Desde ese momento Raúl decidió mi vida futura y el lugar donde debía estar. Si bien no me había amenazado claramente, sus expresiones al hablar y sus miradas me lo anunciaban. Jamás volví a hacer mi voluntad. Jamás volví a ser por voluntad completa la mujer de Raúl. No obstante, al pasar de los días y con una actitud más serena por parte de los dos, me dijo que me quería más cerca de él, que tendría que cambiarme a su casa de la calle de Explanada, pues quedaba a unas cuadras de la de Paulina —sitio al que llegaron provisionalmente mientras acababa la obra— y de su casa de la calle de Reforma, pero que no sería de inmediato pues a este inmueble había que hacerle algunas reparaciones porque había estado abandonado por mucho tiempo.

Raúl insistió en convencerme de que yo era su verdadera

95

esposa, a la que le tenía absoluta confianza para dirigir y tomar decisiones con respecto a sus cuestiones personales y a sus casas. Y así lo era, pues yo seguía encargándome de muchas de sus cosas, de los detalles que le gustaban, como tener siempre libros nuevos para leer, cuadernos de notas a la mano, sus plumas favoritas y su guardarropa listo para cualquier ocasión. También me encargaba de supervisar los diferentes trabajos que se realizaban en sus propiedades. Según me dijo, la única razón de que llevara a Paulina a los actos políticos era porque para eso había sido arreglada su boda, para llegar al poder sin ningún obstáculo, pero en realidad su esposa era yo. Ésa fue la idea con la que traté de convencer a mi corazón para seguir adelante con ese nexo.

Me encargué entonces de supervisar los asuntos del que sería mi hogar. Había que impermeabilizar y pintar toda la propiedad, así como podar los jardines pues la hierba había crecido y alcanzado todos los rincones del terreno. Como a Raúl le interesaba tenerme vigilada, apresuró los trabajos para que quedara lista la parte de la casa que yo ocuparía. Fue así como en septiembre me mude a esta nueva casa, que tenía la particularidad de estar custodiada por personal del Estado Mayor de día y de noche. En cuanto estuvo lista la residencia, Raúl ordenó que muchas de las cosas que se tenían guardadas en las habitaciones de sus hijos por motivo de la remodelación de su casa, fueran trasladadas a Explanada para que no se maltrataran y estuvieran bajo mi cuidado.

Por ese tiempo, se produjo un robo en las bodegas del rancho Las Mendocinas, de donde fueron sustraídos varios objetos muy valiosos. Raúl se enfureció y mandó sacar todo de las bodegas para guardarlo también en la casa de Explanada. Ofelia, el contador Juan Manuel Gómez Gutiérrez y yo, de inmediato nos trasladamos al lugar en helicóptero, ahí ya se encontraban tres trailers con los choferes de más confianza de Raúl. A medianoche, tal como estaba planeado, regresamos a la casa, pero la faena de descarga de estos pobres hombres duró hasta el amanecer, puesto que no se quiso contratar a nadie más por lo delicado del asunto. Ahora vivía en una casa-bodega donde todo estaba bajo mi cuidado.

Conforme transcurría la vida de casado de Raúl, su incomodidad aumentaba. Parecía león enjaulado y con cualquier pretexto llegaba a verme para querer continuar, como si nada hubiera pasado, nuestra vida de antes. Con cierta malicia esperaba invariablemente la llamada de Paulina, para escuchar los monosílabos con los que le contestaba Raúl, y para oir cómo se despedía diciéndole que pronto llegaría a su "hogar dulce hogar". Desde las siete de la mañana me despertaban los ladridos de los perros con los que llegaba Raúl después de su acostumbrado trote matutino; ésa era la manera de avisarme que estaría conmigo todo el día. Otras veces aparecía en cualquier momento, ya fuera a la hora de comer, de cenar o incluso sólo por un rato, pero el caso era que a diario estaba ahí.

El Encanto

Uno de esos días me llevó a conocer el rancho de Cuajimalpa, al que ya yo había ido una noche, tiempo atrás, con Ofelia. Cuando llegamos Raúl, con una sonrisa en el rostro, me dijo: "¿No es un encanto, amor?". Y en efecto a la luz del día el lugar era increíblemente hermoso. Desde ese momento Raúl decidió que El Refugio, el nombre original del rancho, cambiaría por el de El Encanto. Situado en una barranca, para llegar al lugar había que cruzar una altísima reja y un largo camino de piedra de río con una pendiente muy pronunciada y varias curvas que podían ser muy peligrosas si no se conducía con sumo cuidado.

La casa no era muy grande, lo más amplio era la sala que tenía una chimenea y un gran ventanal que daba hacia el picadero cubierto, luego había una habitación pequeña que más bien parecía un estudio, también con baño y chimenea, de donde, por una escalera de caracol, se bajaba al gimnasio que contaba con un baño y vapor. Junto a la cocina, que era muy pequeña, había un cuarto de servicio con baño; ésa era en conjunto la construcción de la casa tipo chalet. Todos los espacios estaban completamente vacíos y Raúl me comentó que yo me encargaría de decorarlos y de supervisar algunas remodelaciones que quería hacer en las áreas restantes del rancho, que en terreno y bosque tenía una extensión enorme y estaba rodeado por un río.

Fascinada por el lugar y con un trabajo que me agradaba mucho por mi amor al campo y mi gusto por la decoración, inicié mis actividades, las cuales me mantenían en constante relación con el contador de Raúl, Juan Manuel Gómez Gutiérrez, pues él era el encargado de pagar todos los gastos y a todos los trabajadores. Yo era la que administraba el rancho y estaba al tanto de cada mínimo detalle. Los trabajos consistieron en hacer otra área para caballerizas, modificar el merendero, construir una cancha de tenis, hacer una cisterna para reutilizar el agua de lluvia y otros de menor importancia.

Sin embargo, a Raúl también se le ocurrió hacer un camino desde el rancho hasta el Club Hípico Sierra, para no dar tanta vuelta con los caballos. Este "caprichito", como decía enfurecido el contador, metió en infinidad de problemas a Juan Manuel Gómez Gutiérrez. Además de desembolsar grandes cantidades de dinero en la obra y en los permisos, constantemente había quejas de los propietarios del dichoso club. Ahí me enteré de que el contador le daba la cara a todo mundo porque esa propiedad estaba a su nombre y no al de Raúl.

Una vez concluida la remodelación, El Encanto no tenía nada que pedirles a las otras casas y ranchos de Raúl. Había quedado como un sitio paradisiaco, como todos los sitios que creía merecer por ser hermano del presidente. Desde el camino de la entrada ahora se veía la cancha de tenis y uno de los picaderos al aire libre; una vez que se llegaba había una explanada en forma de pérgola donde se encontraban alrededor de ocho caballerizas y un bello jardín central cuadrado. Frente a esta área estaba la entrada principal de la casa, pero antes de entrar, al lado derecho, había un largo pasillo que conducía al picadero cubierto. En ese lugar también había una gran sala de juegos con mesas de billar y otras especiales para diferentes juegos; era el lugar donde a Raúl le gustaba exponer los premios ganados por sus animales y desde el cual se podían apreciar los saltos y los entrenamientos de los caballerangos.

Del lado izquierdo del pasillo estaba una sala donde se guardaban los aperos de los caballos, como sillas, mantas, fuetes y todo lo referente al deporte de la cabalgata. En el costado izquierdo de la casa se encontraba la piscina, muy parecida a un bebedero de caballos, de forma rectangular y de agua cristalina y climatizada, como era lo acostumbrado en todas las piscinas de las propiedades de Raúl. Por una vereda del lado derecho, había una hermosa fuente y un poco más al fondo un merendero abierto desde donde se podía ver el río que rodeaba al rancho.

En El Encanto todo tenía que funcionar a la perfección. Raúl, como siempre, obsesionado por el orden, registraba cada una de las áreas, y si por algún motivo algo no se encontraba en buen estado, como por ejemplo un foco fundido, se ponía como loco y me decía: "Es tu casa, ¿o no? Entonces manda a tu gente para que hagan las cosas bien o mejor que se vayan". El trabajo era agotador pero me sentía satisfecha de los resultados, aunque nunca se

99

terminaba de hacer modificaciones y arreglos al rancho, sobre todo por la humedad y el terreno lodoso sobre el que estaba construido.

Más casas de Raúl y más viajes de "negocios"

Raúl no paraba de ir en su avión particular a diferentes lugares del país y del extranjero como parte de su trabajo político, decía él. Según lo había planeado alevosamente, yo también viajaba como parte de la tripulación. En una ocasión Raúl me encomendó la tarea de ir a Nueva York a llevar los costosos obsequios de su boda a un departamento que había adquirido en la ciudad de la Gran Manzana, no sin antes advertirme que si tenía algún problema en la aduana, explicara que todo aquello era del señor Carlos Hank Rhon, que por ningún motivo dijera su nombre.

Partimos hacia ese destino el mayor Chávez y yo, y para nuestra sorpresa en la recepción del elegante edificio no nos dejaron pasar pues argumentaban que no habían recibido ninguna orden. Mientras se arreglaba el problema decidimos que lo mejor era irnos al hotel. Al día siguiente ya estábamos en el bello departamento que se encontraba en la Quinta Avenida y tenía como vista el famoso Central Park.

A los dos días Raúl y Paulina llegaron a Nueva York. El cinismo de Raúl era muy grande pero la aceptación de Paulina era aún más. Y esos días de descanso que supuestamente tomaba, dicho por él, para conquistarme, me humillaban profundamente en mi moralidad. Siempre estuve consciente de que no había justificación alguna para avasallar mi dignidad, pero el poder que ejercía Raúl nulificaba cualquier regla moral que yo pretextara. Poco a poco las circunstancias con las que se me obligaba a vivir eran más terribles. No tenía libertad y el rechazo que sentía hacia él me hacía responder con una rebeldía que me llevaba hasta la impotencia.

Tenía miedo, no por mí, sino por todos aquellos que pagarían los actos que me atreviera a realizar en contra de la voluntad de Raúl. Ya no soñaba, veía mi realidad y era cruel constatar la forma en que se me manipulaba y violaba mi persona. Por más que me esforzaba en encontrar una solución para regresar a la tranquilidad de mi pasado, no la encontraba. Una débil esperanza veía como consuelo, el esperar que ese hombre caprichoso se alejara de mí. He sabido que existen prisiones en las que la impotencia y la soledad devoran el alma, así es como empezaba a vivir al lado de Raúl, despojada de lo más sagrado del ser humano: la libertad.

Le pedí mil veces apartarme de su lado y salvar así un poco de mi dignidad como mujer y como ser humano, que ha sentido lo humillante que es ser la sombra en un matrimonio que, por conveniencia, me daba este difícil papel. Y también estaba la rabia de ver que a la otra no le importaba aceptar cualquier proposición de Raúl, todo lo admitía con una mueca de sonrisa inexpresiva. Para Raúl fue sorprendente la indiferencia de Paulina al no reprocharle tantas ausencias, pues bien sabía que en esos momentos trataba de compensar el tiempo que me había tenido en el abandono. No justifico ni pido se entienda lo circunstancial de mi vida, pues para ello se necesitaría sentirse despojado de todo derecho moral y cívico, aunado al temor inmenso que produce la crueldad y el egoísmo que da el poder a un hombre, a un hombre llamado Raúl Salinas de Gortari.

Con esta vorágine de sentimientos me gustaba caminar por entre los imponentes edificios de las calles de Nueva York, ver las espectaculares marquesinas de los cines y de los teatros y maravillarme con las ricas y diversas comunidades que comparten su vida a sólo unos pasos unas de las otras. No había día en que Raúl no me invitara a comer o a cenar y a disfrutar de algún espectáculo nocturno. A la luz de las velas de algún lujoso restaurante Raúl se emocionaba como un chiquillo por estar junto a mí y haberse librado de la presencia de su adorada señora. Siempre teníamos algo que hacer: si no lo acompañaba a diferentes bancos, recorríamos los museos más visitados en el mundo entero; a veces me parecía que nada había pasado entre nosotros, pero al regreso mi corazón se volvía a llenar de resentimiento y no quedaba más que una sensación de traición y miedo.

Aparte de Nueva York Raúl viajaba constantemente a Hermosillo, Tijuana, Houston, Los Angeles y Acapulco. Por supuesto siempre me pedía que lo acompañara, con el pretexto de que era parte de mi trabajo, pero en el fondo los dos sabíamos que él buscaba a toda costa no perderme definitivamente. Si Paulina lo acompañaba, ella organizaba sus cosas para estar el menor tiempo posible con Raúl; parecía que su frialdad había dado paso a la mujer que realmente era. Yo no me sentía bien, pues el amor que tanto daño me había hecho no acababa de terminar. En lo referente a las personas a las que visitaba y a las reuniones que sostenía era muy cauteloso, y sólo decía que eran amigos y asuntos de negocios.

Para nuestro segundo viaje a Nueva York, Raúl había planeado, sin consultarme, que para estar juntos durante todo el día, yo me hospedaría en un hotel muy lujoso que quedaba a unos cuantos pasos del departamento. Incluso la reservación estaba hecha. Por la noche, al despedirme, Raúl amorosamente me indicó su voluntad y, al darse cuenta de mi rotunda negativa, se enfureció y me dejó en plena calle ordenándole al mayor Chávez que me acompañara. Me adelanté y empecé a caminar sola sabiendo que el hombre me seguía, quería despejar mi mente y tranquilizarme un poco. Al hacerle la parada a un taxi, el mayor intervino diciéndome que ése no, que él me diría cuál era el más seguro para llegar a Nueva Jersey.

Después de varios intentos, por fin me señaló que el taxi que estaba frente a mí era el correcto. Todavía turbada por la escena con Raúl, le indiqué al chofer la ruta por la que se tendría que ir, al tiempo que le decía al mayor Chávez que le llamara a los capitanes para avisarles que ya iba para allá, pues por lo regular esperaban a que llegara para cenar juntos. "No se preocupe, yo les informo y también hablaré con el ingeniero para comunicarle que usted decidió irse sola", fueron las últimas palabras que le escuché decir. Unas cuadras adelante el chofer me dijo que el túnel Lincoln estaba cerrado, por lo que tomó otra calle que yo desconocía.

De pronto, el brusco movimiento del chofer al guardar su identificación en la guantera me hizo reaccionar de manera alterada, pero verdaderamente me aterroricé cuando el hombre sacó un machete color negro y me lo puso en el cuello. El taxista era un latino joven, de ojos negros y profundos que me insultaba y amenazaba pero que no atinaba a decir claramente qué quería de mí. Hizo que me acercara lo más posible hacia él para que así pudiera seguir manejando el automóvil. Yo no dejaba de hablar en voz muy baja, rogándole que no me hiciera ningún daño, como queriéndolo tranquilizar de alguna manera, pues a mi parecer estaba por completo trastornado. Después de un largo rato, que yo sentí como una eternidad, tomó una autopista solitaria y como dos kilómetros más adelante se paró. En ese momento le dije que lo único que traía eran cien dólares, que de inmediato saqué de mi pantalón; él me los arrebató y volvió a poner en marcha el automóvil.

Llegamos a un lugar oscuro y tétrico, ahí se bajó y con brusquedad me sacó del auto pateándome, luego volvió a subirse y desapareció. Nunca intentó arrebatarme la bolsa, ni siquiera la esculcó para ver qué traía. Llena de miedo alcancé a ver a muchos hombres de color tirados en la banqueta que se reían sin parar. La escena era espeluznante. Milagrosamente pasaba un taxi en la otra acera, el cual acudió a mi llamado al percatarse de mi angustia y desesperación. Todavía temblando y con voz sofocada le di al chofer los datos para que se comunicara al hotel donde me hospedaba y les diera el número del taxi en el que llegaría. Éste, asombrado, me dijo que estábamos muy lejos de ese lugar y para explicarle mi situación en el camino le platiqué lo que me había sucedido. Había pasado más de dos horas secuestrada por un loco neoyorquino.

Cuando por fin llegué al hotel, en la contestadora había más de treinta llamadas del mayor Chávez. Al instante me comuniqué y le conté lo sucedido. Yo estaba preocupada porque no sentía la mitad de la cara, y fui a que me revisaran a servicios médicos. Los doctores opinaron que mi parálisis facial se debía a los nervios. Después de tomar un tranquilizante pude dormir hasta el día siguiente, y luego de que me checara otro doctor que había llegado junto con el mayor Chávez, su diagnóstico fue el mismo: nervios. "¿Ya está lista para ir a ver al ingeniero?", me preguntó el mayor. Yo le contesté que no, me sentía fatigada y quería descansar.

Raúl se presentó como al mediodía, y en una actitud burlona y sarcástica me dijo que por caprichosa arriesgaba mi vida. Luego hizo un comentario de mal gusto: "Yo te mandé matar, María, pero este hombre me falló". No sé cuál sería mi expresión pero me levanté del sillón para subir a mi habitación y Raúl me siguió diciéndome que era una broma, y con palabras melosas me dijo que yo no podía estar lejos de él. Me pidió de mil formas que aceptara permanecer con él en Nueva York. No sé qué pasó en mí, tal vez quería olvidarme de la presencia de Paulina en nuestras vidas. Acepté. Pasamos momentos agradables en los que no existió Paulina ni tampoco el recelo y el miedo que le tenía. Sólo al regresar volví a recordar con quién estaba, pues Raúl pronunció estas palabras: "Siempre que trates de apartarte de mí te sucederán cosas como esas".

Desde entonces el mayor Chávez se sentía responsable de lo que me pudiera suceder y me dijo que el revólver que llevaba estaba a mis órdenes, que sólo le dijera quién me molestaba y él se haría cargo. Les contesté que no bromearan con esas cosas y que ojalá nunca utilizara esa pistola. A partir de ahí nuestra relación se fue haciendo más estrecha, me acompañaba a todos los lugares y a la hora de la comida platicábamos cada uno de su familia. Era una gran persona, sin embargo había sido educado para fines violentos y de eso se ganaba la vida.

Por otro lado, al transcurrir de los días, yo me seguía aferrando al trabajo para olvidarme de todo lo que pasaba a mi alrededor, para ganar mi propio dinero y salirme poco a poco de aquella situación que me mantenía sumida en una constante depresión. Fue por aquel tiempo cuando también por encargo de Raúl, yo, el mayor Chávez, Armando Cruz y José, el cocinero, viajamos a la casa de San Diego para empacar todo y trasladar la mudanza a las bodegas de su casa de Aspen, Colorado.

Guardamos perfectamente desde ropa de cama hasta televisores, computadoras, faxes, cuadros, tapetes y objetos decorativos. La cabaña más bien parecía un caserón tipo chalet suizo. A ese hermoso lugar, que al parecer era una propiedad adquirida desde hacía mucho tiempo, Raúl y Carlos acostumbraban ir a pasar las fiestas navideñas y, por supuesto, también a esquiar en compañía de sus hijos y de algunos amigos. Una vez realizado el cambio Raúl no se volvió a parar en San Diego.

Entre los viajes y el trabajo los días pasaban vertiginosamente, mi decisión estaba tomada pero era difícil encontrar la manera más cautelosa de separarme de Raúl. Por su parte, él me tenía controlada en todos los aspectos, y aunque su vida empezaba a tomar giros inesperados y a enfrentar constantes tensiones, no dejaba de advertirme sutilmente que yo seguía siendo suya y no permitiría que me fuera de su lado.

Los incondicionales de Raúl

Muy aparte de su familia y de sus amigos Raúl tenía colaboradores que eran parte fundamental en el rompecabezas de su vida. Si bien de algunos de ellos no llegué a saber demasiado por el excesivo cuidado con el que realizaban sus diferentes actividades, sí pude percatarme de algunas características que resultaban intrigantes y sospechosas en su aparente vida profesional.

Ofelia Calvo, la secretaria privada

Para mí había quedado bastante claro que uno de esos personajes era Ofelia, una mujer que al contrario de lo que cualquier extraño se pudiera imaginar, no era en absoluto la sencilla y hasta insignificante secretaria privada de Raúl. Físicamente alta, en extremo delgada, de piel morena muy pálida, y de pelo corto y escaso, su apariencia en general no era muy agraciada, no tanto por su aspecto sino por lo descuidado de su persona. La primera impresión que me causó fue la de ser una mujer amable, bondadosa y eficiente, pero mi opinión cambió al paso del tiempo.

Asistí a su boda recién llegada yo a México, misma que se celebró en un salón del rumbo de Lomas de Virreyes. En medio de una pomposa fiesta, Ofelia fue como de costumbre amable, pero su rostro siempre era inexpresivo, parecía un témpano de hielo. Sólo hubo un momento en que pude observar que reaccionaba de una manera emotiva, y éste fue cuando Raúl le entregó su regalo de bodas, el cual consistía en un cheque al portador para que pagara su viaje de luna de miel. Recuerdo que también ahí fue donde por primera vez vi a Patricia Zetina, hermana de la señora Francisca Zetina, la Paca.

Aunque convivimos pocos años pude conocerla perfectamente, hasta llegar a la conclusión de que era una mujer muy inteligente y calculadora, que cuando se fija un propósito lo consigue a costa de lo que sea, sin importar escrúpulos ni moral para sus fines por siniestros que fueran. Ofelia decía que desde muy chica había tenido que aprender a defenderse sola y a salir adelante pues el origen de su familia era humilde y tuvieron épocas muy duras, a decir de las palabras de sus propios padres. A ella no le gustaba hablar de su pasado, todo lo contrario, hablaba sin parar de su presente y se vanagloriaba de ser una mujer exitosa. Se molestaba muchísimo cuando sus padres platicaban conmigo de su vida pasada, no le gustaba que conocieran su historia, ya que ésta constituía un secreto bien guardado ante sus nuevas amistades.

Tuve la confianza y el aprecio de toda su familia y llegué a estimarlos sinceramente de la misma manera, ya que el estar con ellos me hacía sentir y recordar a mis seres queridos. Los señores amaban a cada uno de sus hijos pero en especial a Ofelia, porque ella representaba el bienestar económico no sólo de ellos sino de toda la familia, que estaba formada por cinco hermanos con sus respectivos matrimonios e hijos. Según parece Ofelia conoció a Raúl desde muy jovencita y empezó a trabajar con él, ascendió de puesto y de sueldo conforme ascendía la trayectoria personal de Raúl. En ese tiempo nadie, ni el mismo Raúl, se imaginaba el poder que llegaría a tener y los enormes beneficios que éste traería

107

para él y sus allegados. Una vez que ella se sintió segura de la confianza de su jefe, le pidió trabajo para su hermano mayor, Efrén, y para sorpresa de todos, lo asignó como empleado oficial en la embajada de Italia.

Después de vivir en la zona de Azcapotzalco, compró un edificio de departamentos en la colonia del Valle, en la calle de Magdalena, donde más tarde puso sus oficinas para un negocio de exportación de artesanías mexicanas a Italia. También compró una imprenta en la que se expedían documentos oficiales del gobierno, papelería de Hacienda, del Departamento del Distrito Federal y otras dependencias. Posteriormente adquirió una casa en la misma calle de la colonia del Valle y otra en Acapulco, así como diversas propiedades más para sus hermanos, esto independientemente de camionetas, autos e infinidad de objetos de valor. Toda esta riqueza, decían, la había obtenido en su totalidad en el sexenio de Carlos Salinas de Gortari; pero sus ambiciones no eran sólo ser la rica empresaria que ya era, Ofelia siempre iba más allá, no dejaba títere con cabeza, como dice el refrán popular que muchas veces escuché en esa época.

Como secretaria privada de Raúl, manejaba todos sus asuntos, es decir, estaba enterada de cada movimiento y llevaba personalmente la agenda de compromisos de Raúl, así como otra libreta verde donde registraba todas las cuestiones de dinero, de la cual nunca se separaba. Su astucia y ambición llegaba a tal extremo que para conseguir una cita en la apretada agenda de su jefe, varios personajes importantes llegaban a pagarle mensualmente una cantidad en dólares. Pero no nada más se corrompía con el dinero de los poderosos, también a la gente humilde y trabajadora le sacaba provecho. A los empleados de servicio que tenía en la nómina del gobierno, les quitaba hasta medio sueldo y la mitad de su liquidación cuando terminaba el contrato, pretextando que ella tenía que rendir cuentas de lo mismo no sé a quién.

Con los compañeros de trabajo que ella consideraba peligrosos Ofelia era implacable. En su lista negra se encontraba Enrique Salas Ferrer, el secretario particular de Raúl, con quien ella mantenía una relación muy tensa, pues quería ser la única persona de confianza de Raúl y no le parecía que este hombre se hiciera cargo de aspectos de los que ella tuviera un total control. Otro integrante de esta lista era Diego Ormedilla, con quien se llevaba de los mil demonios, constantemente hacía berrinches por el dinero que gastaba y los dispendios que Raúl le permitía. Todo el que se interpusiera en su camino era objeto de su odio y de sus malos actos para borrarlo del camino.

En el tiempo en que trabajé en las oficinas de Raúl, era el motivo de nuestras risas matutinas verla hacer su aparición con zapatos de diferente color, la blusa con las hombreras caídas y pésimamente maquillada, ya que acostumbraba hacerlo en el coche y sin mirarse al espejo. También era de esas mujeres que toma cualquier bolso de mano y no lo suelta hasta que termina viejo y desgastado, sin importar si combina o no con el atuendo elegido. De hecho toda su ropa y accesorios eran pasados de moda porque no le gustaba gastar. Por insistencia de su madre, que me pidió que la convenciera de comprarse un guardarropa nuevo pues su trabajo así lo requería, me dediqué a aconsejarla y a cambiar poco a poco su imagen para que luciera mejor.

Por otra parte, su matrimonio no marchaba muy bien y aquel hombre la hacía desembolsar grandes cantidades de dinero para sacar a flote sus negocios. Esto sin contar la mala vida que le daba, problema que ella pensaba resolver con la llegada de un hijo, cosa que por supuesto no fue así, al contrario, las cosas se agravaron hasta el punto de la separación. El sujeto era un bueno para nada, al grado que en una ocasión, cuando Raúl me lle-

109

gó a preguntar quién era el esposo de Ofelia, yo le contesté que eso, el esposo de Ofelia.

Lo bueno y lo malo lo compartí con esa mujer que un tiempo consideré mi amiga. Pero no era así, Ofelia simplemente cumplía las órdenes dadas por Raúl, noticia de la que me enteré por su propia boca, cuando un día enojada y agobiada por problemas personales, llena de rencor, me dijo cara a cara la manipulación que habían hecho conmigo. Al casarse Raúl con Paulina, Ofelia era la mejor forma de tenerme apartada de tan tensa situación y de otros asuntos de los que no convenía que yo estuviera enterada. Hasta aquí ingenuamente yo pensaba que conocía todo sobre Ofelia, pero mi historia con este oscuro personaje todavía no terminaba y había mucho otros secretos de su vida aún por descubrir.

Juan Manuel Gómez Gutiérrez, el contador

Había otra persona bastante cercana a Raúl: el contador Juan Manuel Gómez Gutiérrez. Un hombre que, después de Ofelia, era el único que conocía perfectamente cada uno de los negocios, las cuentas bancarias, propiedades y todo lo relacionado con las finanzas de Raúl. De origen español, bajito, de ojos azules y delgado, aparentaba ser un hombre muy responsable y trabajador, que compartía con su padre un despacho ubicado en la zona de San Ángel. Su presencia era cotidiana en las oficinas y en la casa de Raúl, ya fuera para hablar en privado con éste o con Ofelia, con nadie más. Al principio conmigo era muy reservado y sólo se limitaba a saludarme amablemente, pero conforme pasó el tiempo su actitud fue más abierta y amistosa.

Nuestro trato fue más continuo porque en el tiempo en que trabajaba administrando y supervisando varias propiedades de Raúl, Juan Manuel Gómez Gutiérrez era el encargado de pagar nóminas y otros gastos, pero cuando por algún motivo no podía hacerlo me encomendaba realizar dichas gestiones. Lo que pude notar es que en la medida en que la vida política de Raúl continuaba, el exceso de trabajo y la preocupación se hacían evidentes en su rostro.

Aunque no fueron muchas las ocasiones en que llegó a expresar enojo o nerviosismo delante de mí por problemas con Raúl o por cuestiones de trabajo, en diversas situaciones pude escuchar algunos comentarios indiscretos de su parte, pero de inmediato Ofelia lo callaba o cambiaba el tema. En general era una persona tranquila y detallista, que siempre tenía una palabra de aliento para aquellos que se acercaban a pedirle algún consejo. Pero detrás de este hombre había asuntos y arreglos turbios que poco a poco saldrían a relucir.

El mayor Chávez, el guardaespaldas

El mayor Antonio Chávez Ramírez, jefe de escoltas de Raúl, era su mismísima sombra. A todas partes iba con él y estaba al tanto de cada una de sus peticiones y órdenes. No importaba la hora que fuera ni el lugar, si recibía la llamada de Raúl, a los pocos minutos ya se encontraba realizando la diligencia encomendada o ya estaba a su lado para custodiarlo. Con sólo una mirada de Raúl sabía lo que tenía que hacer y cómo lo tenía que hacer. Su trabajo requería de todos los oficios y ni por equivocación se atrevía a contradecir las órdenes del ingeniero, como él lo llamaba.

Atento y amable conmigo, sus subordinados le temían como si estuvieran viendo al diablo. Su prepotencia y desdén al hablarles era el aviso de lo que podría venir si sus órdenes no se cumplían al pie de la letra. Su actitud delataba la inflexibilidad de su carácter y la estricta educación que había tenido canalizada

111

únicamente en la violencia y el servilismo ciego para quien era su jefe. Pero el mayor Chávez no sólo vigilaba a Raúl, sino a todos los que estábamos cerca de él. Diariamente tenía listo un reporte donde se registraban con cuidado las salidas, entradas, reuniones y visitas de cada uno de nosotros.

En el informe se encontraban los movimientos de los hijos de Raúl y los míos en primer lugar, por supuesto seguían los de sus colaboradores y otras personas que Raúl ordenaba vigilar. Su presencia constante no me desagradaba, pero en el fondo sentía que ese hombre sabía demasiado de la familia Salinas y de todos y cada uno de los amigos y enemigos que los rodeaban.

Diego Ormedilla, el jockey

Diego Ormedilla fue otro de los colaboradores de Raúl que aún hoy ha pasado desapercibido en todo lo que se ha dicho en torno al escándalo Salinas. Diego era el entrenador y jockey de las decenas de caballos de Raúl. De nacionalidad irlandesa, por estar casado con una mujer de aquel país, pero nacido en Argentina, este personaje gozaba de muchos privilegios económicos y de todo tipo por parte de su jefe. Creo que más que trabajador era socio de los negocios de Raúl, pues pasaba mucho tiempo conversando con Raúl y Juan Manuel Gómez Gutiérrez.

Vivió junto con su familia en diferentes casas y ranchos propiedad de Raúl, según lo exigieran las necesidades de éste. Un tiempo estuvo en Las Mendocinas, otro en Monterrey y luego se cambió a la ciudad de México. Todos sus movimientos eran estratégicos, siempre para estar muy cerca del mayor de los Salinas. Y como ya era costumbre, la que no lo toleraba era Ofelia, pues decía con maldiciones y malas palabras que gastaba demasiado dinero en los caballos y que era un abusivo.

112

El odio era mutuo. Ninguno de los dos quería obstáculos en el camino ni quedar al margen de cualquier decisión o asunto de Raúl. Él se desquitaba haciéndola sentir en desventaja, ya que tenía una excelente relación con Juan José y todo lo que le solicitaba a Raúl le era concedido de inmediato. La relación llegó a ser tan tensa que hubo momentos en que pienso que de haber sido entre dos hombres, se habrían golpeado hasta quedar casi muertos.

Paulina Castañón, la esposa

Otro de estos personajes, por supuesto, fue la mujer elegida para ser, por conveniencia, esposa de Raúl. Con esa mujer no me une absolutamente nada, sólo veo entre nosotras un enorme abismo, que, gracias a Dios, me coloca en otra parte del mundo en que ella fue educada. El hablar de Paulina Castañón y yo, María Bernal, me provoca una sensación de piedad hacia ella, ya que existen muy marcadas diferencias entre ambas. Creo que la mayor diferencia es o ha sido que lo que doy y comparto entre todos los que me rodean no es aquello que tiene cuerpo ni que se ponga ante sus ojos cegándolos por ambición o codicia. Lo mío no está hecho de materia, pero sí de esencia limpia, transparente, porque es la esencia del amor con que fui creada dentro del seno familiar al cual pertenezco, y eso no puede tener un valor, no se puede condicionar.

Soy exigente porque de la misma forma valoro o aquilato las acciones de los que se llaman mis amigos; mis manos están abiertas a toda buena voluntad, a lo positivo de cada ser humano, aunque las apariencias sean adversas. Siempre veré o trataré de buscar ese espíritu bueno, limpio y positivo que todos llevamos dentro. Yo no le doy tanta importancia a los lujos ni me pierde el brillo de la ambición que despierta el oro de las monedas. Creo

113

que ésa es una debilidad humana pero no por ello indispensable. Para mí el solo hecho de existir me produce la alegría de ver lo inmenso y maravilloso de la naturaleza en su gracia divina.

Yo, que he convivido con Paulina Castañón, vuelvo a repetir, no puedo sentir más que piedad y pena por ella, ya que es una mujer encadenada al sufrimiento de la pérdida o disminución de sus arcas. Es lastimoso ver la miseria con la que vive día tras día, sufre cuando tiene que gastar dinero para cubrir cualquier necesidad de su persona. Puedo decir, con conocimiento de causa, que esa codicia tiene su origen en su propia familia, los Ríos Zertuche. Una familia estructurada sobre unos principios de ambición y poder, valorada por las joyas y las telas que la cubren.

Así, pues, no es el respeto y la honestidad lo que los rige. Paulina significó para mí reafirmar más aún mis convicciones, pues ella es capaz de todo con tal de no dejar escapar una moneda de sus manos. Conocí a quienes viviendo bajo su mismo techo, serviles, ponían de su propio bolsillo para menguar sus necesidades primarias, como su fiel ama de llaves, Patricia Zurita. Poco se puede hablar de Paulina. En una simple charla con ella se sabe todo. Orgullosamente explica cómo se puede atesorar o incrementar una fortuna y desarrolla consejos mil, a través del chantaje y manipulación, palabras que para ella son las armas expertas para que nunca falte el respaldo de la fortuna que a ella otorga la seguridad. Por estas razones no me sorprendió que haya sido capaz de desvalijar la casa de su exesposo fallecido, Alfredo Díaz Ordaz, escudándose con el pretexto de salvaguardar la herencia de sus hijas. En sus ojos brillaba la ambición y la codicia al hacer el recuento de todo lo sustraído.

Cualquiera es capaz de ver la diferencia de la zorra que dando mil vueltas se pierde en el laberinto de la nada, con el búho, emblema de los hombres sabios que sin importar que sea de día o de noche, tienen el privilegio de ver con claridad a través de esa luz que no lcs engaña para mirar, y juzgar comprensivamente que la astucia instintiva pertenece al género animal y no al humano. Recuerdo todos los complejos, las frustraciones y la impotencia que albergaba en su corazón, que la llevaban a tener ataques histéricos cuando no podía controlar los actos o los aprecios de Raúl. Su carácter histérico e intolerante la hacían, además, una mujer racista, pues no soportaba a la gente de piel oscura. Varios servidores de Raúl sufrieron sus menosprecios y groserías.

En sus actitudes despóticas no sólo se conformaba con maltratar a la servidumbre, también reaccionaba igual hasta con Sergio Salinas, el hermano de Raúl que tenía la posición económica menos privilegiada, pues se enojaba y hacía terribles comentarios cuando éste le regalaba sus trajes y accesorios ya usados. Creo que si hay que definir la personalidad de Paulina no hay palabra más acertada que esta: mediocridad. Ésta es la verdadera pobreza que hay en Paulina, pues jamás reconocerá que no ha superado sus temores internos, y más aún no podrá desprenderse del estigma heredado.

El mayor de sus defectos es la envidia que corroe su salud física y mental. Paulina es una persona que cree estar enferma de todo. Sufre dolores de cabeza, de estómago, hígado y de todo lo que se puedan imaginar. Pienso que esos padecimientos tienen su raíz y se desprenden de la envidia que siente por todo lo que aún no posee. El medicamento con el que se curaba era la cortisona, y sin ninguna prescripción médica la utilizaba indiscriminadamente cada vez que hacía uno de sus berrinches.

Esta descripción del carácter y de las actitudes de Paulina, es una parte de lo que hasta ese tiempo había dejado entrever de su personalidad. Después vendrían circunstancias de la propia vida en que su verdadera naturaleza surgiría sin careta alguna, desenmascarando cínicamente sus malas intenciones y jugarretas.

Cuando recuerdo las palabras de Raúl: "En México hay muchos Salinas", pienso en todos estos personajes y creo que tenía razón.

Raúl Salinas en varios sitios de su casa de la calle de Reforma 1765, en las Lomas de Chapultepec. (Octubre de 1992)

En estas imágenes me encuentro en el recibidor, el estudio y el comedor de la lujosa casa de Reforma 1765.

Raúl Salinas me tomó esta fotografía
en la ciudad de Monterrey, a donde viajaba
constantemente para supervisar sus
propiedades y negocios.

En uno de nuestros paseos por la ciudad de
México en Chimalistac, San Ángel.

Raúl Salinas y una amiga, momentos antes
de despedirnos a Raúl Salinas Lozano y a mí,
que partíamos rumbo a Madrid y otras
ciudades de Europa.

Piloteando el helicóptero en el que
viajábamos al rancho Las Mendocinas.
(Mayo de 1993)

El capitán Olea y yo en el avión privado de Roberto González Barrera, que Raúl
Salinas utilizaba para sus múltiples viajes.

Juan José Salinas Pasalagua y yo
con los dos tigres que le regaló
su padre Raúl Salinas, el día de
su cumpleaños.

Ofelia Calvo, la terrible asistente privada de Raúl Salinas.

En compañía del mayor Antonio Chávez y Armando Cruz, escoltas inseparables de
Raúl Salinas, en Aspen, Colorado. Raúl tenía un hermoso chalet. (Noviembre de 1993)

Raúl Salinas en el mirador de Las Mendocinas, en otro de nuestros tantos viajes a
ese maravilloso sitio.

Raúl Salinas tocando el piano, una de sus aficiones favoritas, también en el rancho Las Mendocinas.

Raúl Salinas ataviado con uno de sus trajes de charro que más le gustaba.

En la biblioteca personal junto a una leona disecada, poco tiempo antes de terminar nuestra relación amorosa. (Mayo de 1994)

Yo, María Bernal, hoy día, libre y plenamente feliz en el inicio de una nueva vida.

LAS EXTRAÑAS REUNIONES DE RAÚL

A principios del mes de febrero de 1994 se dieron cambios impredecibles. Como ya se los había mencionado la pasión de Raúl por sus caballos no tenía límites, y los animales habían sido trasladados a la finca El Encanto, y junto con ellos siempre tenía que estar el encargado de su cuidado, el argentino Diego Ormedilla. Y por exigencias de éste hacia Raúl me tuve que mudar de la casa de Explanada, la cual sería ocupada por Diego y su familia, a la casa de Reforma 975, que era propiedad de Paulina Castañón. Consecuentemente, Raúl y Paulina se cambiaron a la casa de Reforma 1765 que pertenecía a Raúl. Yo no estaba de acuerdo en vivir en la casa de esa mujer pero Raúl de manera muy convincente me recordó que sólo confiaba en mí y quería que me fuera a esa casa y llevara conmigo todos los cuadros, las armas de más valor, las sillas de montar de plata y demás objetos valiosos que habían sido traídos del rancho Las Mendocinas.

Además, Raúl argumentaba que esa casa era más segura y que más tarde entendería la razón de ese cambio. En efecto, fue útil para Raúl e incomprensible para mí, ya que al poco tiempo de estar ahí me comunicó que instalarían en el lugar unas oficinas y recibiría a personas a las que tenía que convencer de que esa casa era su domicilio particular. Y así fue, cada vez que había una cita, Raúl me avisaba previamente para que tuviera todo pre-

129

parado y me encargara personalmente de los detalles. Cuando llegaba la hora yo los recibía amablemente y los acompañaba, diciéndoles que en un momento bajaba Raúl, cuando la verdad era que él se trasladaba en pocos minutos de su verdadero domicilio. Para mí eran personas extrañas que nunca había visto, sólo sabía que eran hombres que venían de varios estados del país. No me resultaba tan raro cuando las citas eran de día, lo extraño era cuando se daban a altas horas de la noche y Raúl me pedía que no hubiera nadie presente y los atendía personalmente. Yo dejé de preocuparme pues no me interesaban los negocios que tenía; por su parte él no comentaba nada, sólo me pedía que si algunos de sus invitados me preguntaba por su familia, les dijera que no se encontraban o que estaban descansando.

La relación entre Raúl y yo se volvía cada vez más tensa. La desconfianza y el quebrantamiento de mi autonomía hacían que me distanciara de él cada vez más; sobre todo el hecho de que no coincidía con mis ideas altruistas y filantrópicas que desde muy niña se me habían enseñado, como el amor a los semejantes y la honestidad. Ésa no era la vida que esperaba compartir al lado de ese hombre que se mostraba frente a mí soberbio y egoísta. Definitivamente no entendía que se pudiera derrochar tanto en vanidad habiendo tantas bocas hambrientas sobre todo en este país, que, cruel paradoja, es inmensamente rico. Entendí que al expresárselo él no lo entendería y que con cínica sonrisa expresaría su credo hasta en un tono un tanto amenazante diciendo que me acostumbrara a escuchar que primero era él, después él y al último él.

Y era cierto. ¿Quién podía decir que Raúl Salinas de Gortari había hecho algo bueno por su gente? Por desgracia creo que hasta ahora nadie puede tener hacia él un agradecimiento sincero. Ése fue el principal motivo de discusión entre nosotros como pareja. Entre más sentía y veía su egoísmo, más se alejaba de mí el cariño o aprecio que creí tenerle. Jamás estaríamos de acuerdo; mientras él vivía obsesionado con la idea de convertirse el hombre más rico del mundo, yo soñaba con compartirlo todo equitativamente. Seguía a su lado, pero no por mi voluntad sino por la fuerza de su poder.

Raúl y el Grupo de los Diez

Aunque Raúl y Paulina tenían ya casi un mes de vivir en Reforma 1765, para inaugurar oficialmente su flamante residencia privada, Raúl organizó una reunión muy especial con los políticos de su confianza, un selecto grupo de personas que se juntaba una vez al mes y que él denominaba el Grupo de los Diez. Entre los nombres que recuerdo: Emilio Gamboa Patrón, Jaime Serra Puche, Carlos Hank González, Pedro Aspe Armella, Luis Donaldo Colosio y Carlos Salinas de Gortari. En esa ocasión tan especial, el ya para entonces candidato del PRI a la Presidencia no pudo asistir porque se encontraba de gira; bueno, ésas fueron las palabras de Raúl.

Ese día Raúl bebió unas copas de más y por eso andaba muy alegre, y creo que por ese motivo me pidió que lo acompañara en dicha reunión. Al poco rato llegó su gran amigo Roberto González Barrera, Don Robert, como le llamaba cariñosamente Raúl. El festejo fue amenizado por el dueto Patricio y Elena, a Raúl le encantaba y les solicitaba una canción tras otra. Sé que Raúl contrató a este dueto en infinidad de ocasiones pues era su preferido. Así siguió la reunión: entre bromas y bromas, todos tomaban y se reían y en verdad que disfrutaron mucho el estar juntos aquella vez. Todos felicitaban y alababan a Raúl y él se regodeaba en su vanidad dejándose llevar por la euforia del momento.

131

La siguiente reunión fue en casa de Carlos Hank González, y también Raúl me llamó para que asistiera junto con él. Pero en esa ocasión no fue posible; tenía yo que viajar y bien sabía que el festejo se prolongaría hasta muy tarde.

La noticia del asesinato de Colosio

Me acuerdo que por esa época surgió en mí un gran descontento: observaba demasiadas cosas extrañas a mi alrededor. No comprendía por qué Raúl se empeñaba en que viviera en la casa de Reforma 975 y que la disfrazara unas veces como oficina y otras tantas como su casa. No entendía la razón de ocultar su casa de Reforma 1765 y la casa de Explanada 1230; y me inquietaba sobre todo que las oficinas de Raúl en la calle de Reforma 1765, que comandaba Ofelia Calvo, fueran custodiadas por los militares Noé Hernández Neri y Raúl Albarrán. Aunque estaba acostumbrada a ese tipo de vigilancia —en todas las casas de Raúl era parecida—, ahora era algo muy especial: cuando Ofelia se marchaba el conmutador se conectaba de manera directa para que cualquier llamada sólo fuera contestada por los militares. No sé bien cómo decirlo pero todo había cambiado y el ambiente me producía gran desconfianza.

Por otra parte, las constantes fricciones que surgieron entre Paulina y yo no dejaban de agobiarme, al extremo de verdaderamente anhelar mi independencia. La guerra era abierta; ella había traído su propio personal, y éste chocaba con nuestra gente. Había entonces dos mandos y con ello un total descontrol por no saber a quién obedecer. No obstante, dado el carácter amargado de Paulina y su actitud déspota y racista hacia los empleados, ésta fue duramente criticada y terminó por entender muy a su pesar que nadie la veía como la señora de la casa, que era una intrusa para todos.

El año de 1994 quedó tan marcado en mí que creo que aunque pasaran mil años jamás podría olvidarlo, ni por mí ni por México entero. Era el día 23 de marzo, para ser más específica: entre las siete y las siete y cuarto de la noche, cuando, encontrándome yo en la oficina de Reforma 1765 junto con Ofelia Calvo, Elizabeth García Jaime, Raúl y sus hijos Mariana y Juan José, sonó el teléfono. Contesté yo la llamada y me di cuenta de que se trataba de Manlio Fabio Beltrones, entonces gobernador de Sonora, quien con voz entrecortada me pidió con urgencia hablar con Raúl. De inmediato le pasé la bocina a Raúl y por las expresiones de su rostro nos dimos cuenta de que era una mala noticia la que le estaba dando el gobernador. Guardamos un frío silencio. Cuando Raúl colgó, dirigiéndose a todos, nos dijo: "Han balaceado a Luis Donaldo Colosio".

De inmediato fue a su cuarto para hablar por su línea privada no sé a quién, y minutos después se marchó a Los Pinos. Ofelia y yo nos quedamos hasta altas horas de la madrugada contestando los teléfonos y enlazando a Raúl con todo aquel que llamara. Agotada, triste y perpleja aún por la noticia me marché a descansar. No supe exactamente a qué hora llegó Raúl pero fue casi al amanecer.

Desde ese día Raúl se tornó insoportable. Quería estar solo y se enojaba de cualquier cosa. Se veía enfermo, se encerraba días y días enteros en su recámara, su aspecto era descuidado y casi no quería probar alimento. Un día, sin ton ni son, pidió que nadie estuviera ya en la oficina y que se llevaran computadoras, archivos y todo lo necesario a la casa de Reforma 975. No quería ver a las secretarias y casi corrió a Elizabeth y a María del Carmen para que sólo nos quedáramos Ofelia y yo. Raúl pedía que le pasáramos los periódicos muy temprano y se encerraba en la biblioteca con Ofelia horas y horas.

Las reuniones familiares de los Salinas se hicieron más frecuentes; hasta el propio Carlos llegaba a casa de Raúl con su habitual modo espectacular: su equipo de seguridad era impresionante y patrullas con las sirenas encendidas cerraban las calles para no dar paso ni a peatones ni a automóviles. También las visitas de Raúl en Los Pinos se hicieron más constantes y a altas horas de la noche. Un temor se apoderó de los colaboradores más cercanos de Raúl; yo solamente veía cómo temblaba Juan Manuel Gómez Gutiérrez. Su desesperación era muy grande, porque no sabía de qué manera cumplir las órdenes que le había dado Raúl en el sentido de componer y arreglar las cuentas bancarias y justificar tanto dinero.

Las conversaciones que tuve con Raúl en esos días giraron en torno a la persecución política de la que se sentía víctima, sus temores, a la manera de acumular sus bienes, a las mil triquiñuelas que tendría que hacer para quedar a salvo de todos aquellos inconformes, como él decía. Creo que apenas algún respiro hubo en Semana Santa, cuando él se fue a pasar unos días a Agualeguas, al rancho Guajolotes, con la intención de buscar sentirse más tranquilo. Como no quise acompañarlo, porque iba con Paulina y las hijas de ésta, Raúl se empeñó en que no me quedara en esa casa, que aceptaba que no fuera con él siempre y cuando el tiempo que estuviera ausente yo me la pasara en la casa de Acapulco. Al regresar de ese breve receso Raúl hizo un viaje a Nueva York y en esa ocasión sí lo acompañé.

Lejos de haberse relajado, a Raúl se le sentía un nerviosismo y una preocupación que creí jamás se le iban a quitar; y de lo que estaba segura era de que Raúl había dejado de ser aquel hombre alegre y despreocupado, y que no había paz ni tranquilidad en su conciencia. Ése fue el Raúl que empecé a conocer. De nuevo volvió a encerrarse en sí mismo. Casi no salía de su casa, únicamente para ir a Los Pinos. No recibía a sus amigos de trabajo y sólo participaba lo justo y necesario en asuntos sociales.

Entre la magia blanca y la magia negra

Con frecuencia Raúl mandaba llamar a una señora llamada Francisca Zetina Chávez, la Paca (a Raúl se le borra de la memoria que la conocí porque era amiga suya y, consecuentemente, poco después lo fue mía). Se encerraba con ella por horas a platicar y creo que fue la única persona que logró darle un poquito de tranquilidad, porque después de las sesiones era notorio el cambio en la actitud de Raúl. El asunto me intrigó, y, aunque yo no conocía a la señora Zetina, Ofelia se encargó de hablarme de ella y presentármela.

Mi curiosidad creció aún más cuando en una de las visitas de la señora Zetina, Paulina se molestó muchísimo, al grado de exigirle a Raúl que evitara las reuniones con ella. Raúl, por su parte, me comentó que conocía a Francisca Zetina hacía mucho tiempo, mucho antes de que se imaginara que su hermano Carlos y él llegarían a la cumbre del poder. Para Raúl el mundo del ocultismo siempre ha sido algo muy especial y según él fue una forma de controlar su suerte y su destino para que la luz lo guiara por el mejor camino y no cometiera ni un solo error.

No sé si por órdenes de Raúl o de Paulina, Ofelia se encargó en un principio de evitar que yo tuviera contacto con esa señora, y tampoco estoy segura si por hacer enojar a alguno de los dos, en una de esas visitas ella me presentó a la señora Zetina; a pesar de esto evitaba que yo tuviera relación alguna con Francisca o con su hermana, sospecha que confirmé poco tiempo después. También me enteré de que a Paulina no le caía bien Francisca porque ésta le decía a Raúl: "Yo contigo trabajo todo lo que quieras pero con quien no puedo trabajar es con Paulina, porque esa mujer no es del bien, ella pertenece a la oscuridad y yo a la luz".

Cierta ocasión, al ir a hacer unas compras (me iba a llevar Pancho), me encontré con Patricia Zetina; aunque nos habíamos conocido en la boda de Ofelia no habíamos tenido oportunidad de platicar. Descubrí que ambas teníamos intereses y gustos similares acerca de lo esotérico, pero me previno de que no le dijera nada a Ofelia pues ella no quería que yo me enterara de eso. Así fue como empezó mi relación de amistad con esta gran mujer, y para evitar intrigas o desacuerdos con Ofelia y Raúl preferí no decir nada al respecto.

Tiempo después, cuando habitaba la casa de Reforma 975, me sentía intranquila de vivir ahí pues era un sitio frío y lúgubre que me producía cierto temor: las paredes estaban pintadas de gris y las cortinas eran de color negro al igual que los baños; desde los muebles hasta los accesorios tenían ese desagradable color. El ambiente que se respiraba era tan pesado que me provocaba fuertes dolores de cabeza. Fue Ofelia la que organizó que las hermanas Zetina acudieran a la casa para hacer una limpia; no tanto por mí, sino porque ella en pocos días también estaría en Reforma 975 por el cambio de oficinas, y no quería recibir las malas vibras que Paulina había dejado en la casa.

Era el mes de mayo de 1994 y Ofelia llegó acompañada de las hermanas Zetina; permaneció a su lado mientras ellas limpiaban con hierbas e incienso todos y cada uno de los rincones de la casa, hasta los jardines. Al terminar nos tomamos un café y platicamos de cosas sin importancia. Cuando nos despedimos les pedí a las Zetina que me visitaran más seguido pues tenía muchas interrogantes con respecto a mi relación con Raúl y a la manera de poder alejarme de él sin que ello significara atentar contra mi propia vida. Con el paso de los días pude comprobar que el am-

136

biente había cambiado y me sentí más tranquila.

¡Lo que es la ironía de la vida! Yo no conocía a Francisca pero ella sabía todo de mí; a través de las cartas ella le predijo a Raúl que se tenía que casar con la española, porque casándose con Paulina le esperarían muchas desgracias, se quedaría solo y sin fortuna y por su corazón y el de su familia correrían lágrimas y pesares sin fin. También le advirtió insistentemente que no se metiera en la oscuridad de la magia negra, porque esa oscuridad lo cobra todo; todo lo concede pero todo lo cobra. Pero Raúl ya tenía envenenada el alma y no escuchó razones, sólo escuchó las palabras que le hablaban de codicia y poder ilimitado, las palabras de la mujer que él mismo escogió como su verdugo.

Quiero que quede bien claro que las magníficas habilidades esotéricas tanto de Francisca como Patricia Zetina siempre se han enfocado hacia el bien. Aunque Raúl, Ofelia o la misma Paulina les pidieron trabajos para hacerle el mal a alguien, ellas nunca aceptaron ese tipo de encargos. Los rechazaban y daban sus razones diciendo que ése no era el camino, que la justicia divina no admite oscuridad alguna, ella es verdad sana y transparente, sólo luz y consuelo.

De nuevo las promesas de Raúl

Los días continuaron entre el trabajo, los disgustos con Paulina y las reuniones cada vez más sospechosas de Raúl a horas de la madrugada. Raúl llegó incluso a pedirme mi celular por todo un mes, porque según Ofelia era el único "limpio" que quedaba y Raúl lo necesitaba porque tendría contacto con un licenciado muy especial, cuyo nombre nunca pronunciaron, y no quería que por ningún motivo esas llamadas se registraran. Jamás pregunté nada, pero me pareció extraño que al recibir esas llamadas mis-

137

teriosas Ofelia corriera a llevarle el celular a cualquier lugar, y si
Raúl andaba en la calle Ofelia le daba el mensaje en privado. No
tengo ni idea de quién pudo ser "el licenciado" que le habló durante esos días, lo cierto es que me regresaron el celular después
de ese misterio.

Nuestra relación en ese tiempo se había vuelto fría, tiran-
te y llena de inconformidad de mi parte, ya que había cosas que
no entendía y no no se me daba explicación alguna. Quería apartarme de él y no podía comprender por qué me retenía a su lado.
En una charla le pedí que me dejara ir, que yo ya no quería ninguna relación con él. Pero me conmovió su actitud y una vez más
me pidió que lo comprendiera, que iba a pedirle el divorcio a Paulina y que todo cambiaría desde ese momento; incluso me pidió
que fuera a España por mi hija. Fue tan convincente que sentí
otra vez la libertad, ya que él me prometió que vería la forma de
darme tiempo y que yo lo volvería a querer. Me propuso que tra-
bajara con algún amigo pero cerca de él, y me hizo prometerle
que iría por mi hija y que regresaría a México a esperar su regreso de Zimbabwe, y que hasta entonces hablaríamos y planearía-
mos nuestro futuro.

El propósito de su viaje era que brujos africanos lo prepararan; Raúl siempre ha sido muy supersticioso y pensaba que
necesitaba un buen trabajo de ellos, pues se sentía extrañamente
atemorizado y la muerte de Luis Donaldo Colosio lo había trastornado en extremo. Decía que cuando recibiera la curación de
esos brujos todos sus propósitos se cumplirían, y de paso encontraría diversión nuevamente matando elefantes, ya que, como él
mismo decía, matar a uno de esos enormes animales le producía
una gran satisfacción y un placer indescriptible. Raúl se marchó
hacia el 12 de junio y en julio lo alcanzarían su hijo Juan José Salinas y un sobrino, hijo de Carlos Salinas.

138

El viaje fue largo pero Raúl jamás estuvo incomunicado: llevaba consigo un teléfono vía satélite para poder hablar con su hermano Carlos en cualquier momento. En el transcurso de esos días vi cómo Ofelia, Elizabeth y el contador cumplían las órdenes de Raúl, una de ellas blindar dos de las habitaciones de la casa de Paulina para guardar papeles confidenciales, cuadros, armas y objetos de valor, y otra, romper y quemar documentos que, según Ofelia, ya no eran útiles pero no debían quedar en manos extrañas. Entre juego y broma desaparecieron infinidad de papeles. Al principio yo pensé que era broma, pero más tarde me daría cuenta de que todo había sido preparado para darle una salida por demás inteligente a todo lo que tuviera inscrito el nombre de Raúl Salinas.

Así transcurrieron los días y, conforme a las órdenes de Raúl, me marché a España y permanecí por más de quince días conviviendo con mi familia y preparando lo necesario para que me acompañaran a mi regreso mi hermana menor y mi hija.

De vuelta a México a los pocos días hablé con Raúl. Me pidió que lo esperara y que mientras tanto tomara unas vacaciones y llevara a mi hermana y a mi hija a conocer la casa de Acapulco. Ofelia se empeñó, no sé si por órdenes de Raúl, en acompañarnos. Aquellos fueron días tranquilos, nunca me imaginé lo que viviría después. Recibía las llamadas de Raúl desde París y en esas conversaciones telefónicas lo notaba más calmado y muy ilusionado de volvernos a ver. Me dijo que llegaría para el día de su cumpleaños, el 24 de agosto, pero no fue así; el día 26 recibí su llamada y me decía que iba a una reunión pero que necesitaba verme y que trataría de acortarla para vernos lo más pronto posible.

Estaba yo nerviosa ya que por azar del destino Ofelia había invitado a Patricia y a Francisca para que le prepararan unos amuletos y la reunión se había alargado. Alrededor de las siete de la noche Ofelia recibió una llamada y se tuvo que marchar de inmediato dejando ahí a Francisca y a Patricia. Como ya era tarde pensé que Raúl tardaría en llegar, pero a los pocos minutos recibí su llamada diciendo que iba en la avenida Reforma y que le abrieran la puerta de la entrada. No nos dio tiempo de que las Zetina salieran y les pedí que me disculparan; tratando de evitar el disgusto de Raúl permanecieron en la cocina.

La confesión

Raúl llegó acompañado de Roberto González Barrera y salí a recibirlos personalmente. Esperé a que se despidieran y Roberto, muy amable, también se despidió de mí diciendo que no nos quitaba más el tiempo, mientras el mayor Chávez estacionaba el automóvil preferido de Raúl, un Mercury color guinda. Entramos juntos a la casa. Pasamos directamente a mi recámara. Raúl venía con unas copitas de más y alegremente nos abrazamos. Yo le pregunté de dónde venía y él, con una sonrisa sarcástica, me dijo: "Tú sabes, María, que la política es muy ingrata pero a veces tiene sus recompensas y ese hijo de la chingada ya me vio la cara".

Yo le pregunté si se refería a Roberto González Barrera pues era con quien venía, pero Raúl me respondió: "No, María, tú conoces al exmarido de mi hermana, pues ese cabrón se va a morir muy pronto y ya está todo listo". Yo le contesté que por qué, que estaba loco y le dije: "Raúl, te desconozco". Me respondió con las siguientes palabras: "El muy desgraciado es quien es por mí y ya me ha hecho muchas malas jugadas". En ese momento Raúl cambió la conversación y me pidió conocer a mi hermana y a mi hija. Las recibió con amabilidad. Le encantó conocer a mi hija, la abrazaba de una manera protectora mientras me decía: "Ahora menos te voy a dejar ir de mi lado". En ese momento me invadió una

140

gran confusión: veía cómo la rudeza de sus palabras anteriores contrastaba con la dulzura y la ternura de las que le hablaba a mi hija.

Estuvimos conversando alrededor de media hora y después, cuando nos quedamos a solas, Raúl se mostraba feliz y se sentía libre pues Paulina había viajado a Los Angeles con sus hijas, arreglando los asuntos de la herencia de su exmarido Alfredo Díaz Ordaz. Raúl me pidió que le ordenara a mi asistente Margarita que nos sirviera unas botanas y una botella de vino blanco francés Chablis. Nos reconciliamos, y después de hacer planes futuros y de escuchar sus falsas palabras —que no quería que me apartara de su lado y que me amaba—, insistió en que lo acompañara a su casa de Reforma 1765 porque estaba esperando una llamada muy importante. No accedí a su petición. Estaba un poco disgustada porque se tenía que marchar. Al partir Raúl se acercó a mí y tal vez queriendo poner sus ideas en orden me dijo: "María, callada, y yo nunca he venido a Reforma 975". Asentí con la cabeza. Recuerdo que a la media hora sonó el teléfono pero como estaba en el privado de Paulina no pude contestar; el celular lo tenía apagado pero sonó la otra línea y como estaba cerca de mi buró esta vez sí lo contesté. Era Raúl para rogarme que fuera con él a su casa de Reforma 1765. De nuevo me negué. Y así se repitieron varias veces sus llamadas y como escuché su voz en estado inconveniente, preferí ignorarlas.

La mañana del 27 de agosto se presentó Ofelia algo molesta porque Raúl le había estado llamando desde la madrugada. Me preguntó insistentemente qué había pasado la noche anterior y qué me había dicho Raúl. Quería que le dijera palabra por palabra lo que éste me había comentado. Yo no estaba de humor y le contesté que no había pasado nada. Cuando Ofelia se dio cuenta de que no le diría ni una sola palabra me dijo que Raúl le había

141

dado una cantidad de dinero para que buscara un departamento, pero que sólo me daría la mitad para que rentara uno por varios meses. Al entregármelo, textualmente me dijo: "Lo que te haya dicho Raúl te lo callas, el día 26 de agosto de 1994 no ha existido y tú no has visto a Raúl".

Después de ese día Raúl cambió extrañamente de actitud conmigo; ahora ya no le parecía tan desastroso el que yo quisiera alejarme de él y evitamos cualquier conversación relacionada con aquel día. Aprovechando la decisión de Raúl y temiendo que se arrepintiera, le pedí a Francisco Godínez, a quien Paulina había corrido días atrás pero que por petición de Ofelia se encontraba ahí todavía, que me ayudara a encontrar un departamento cerca, por la zona que Raúl me había dicho. Así, el día 31 de agosto me mudé a la calle de Aguiar y Seijas 51, al penthouse. A Raúl le encantó esa idea ya que era el paso de todos los días para ir y regresar de Los Pinos.

El 13 de septiembre empecé a trabajar en el Grupo IUSA, en Montes Urales 460, con el ingeniero Peralta, en el puesto de secretaria privada. Por primera vez me sentí libre e independiente; trataría de alejarme de Raúl de todas las formas posibles: las visitas de Raúl ya no eran frecuentes porque era yo la que las evitaba poniendo pretextos de mi trabajo.

Aun así, fue Raúl quien pidió a Carlos Peralta que modificara mi horario de trabajo. El día 24 de septiembre, queriéndome dar una sorpresa, Raúl se presentó en las oficinas de Carlos Peralta para comunicarme que me iban a cambiar al departamento de mercadotecnia de IUSACELL, y que ahora sí volveríamos a tener tiempo para vernos como antes. Esto, más que alegrarme, me ensombreció; pero, en fin, así se fueron dando las cosas. En efecto, el día 28 de septiembre de 1994 se me asignó al área de mercadotecnia.

El asesinato de José Francisco Ruiz Massieu

Al regresar a mi casa después de recoger a mi hija del colegio la muchacha que me ayudaba me dijo angustiada: "¿Ya vio usted que mataron al señor Francisco Ruiz Massieu?". No puede ser, pensé, Raúl había cumplido lo dicho. Me retiré a mi recámara y llamé a Patricia Zetina, ella era la única persona a quien le había contado lo dicho por Raúl. Trató de tranquilizarme, vino esa tarde y pudimos platicar. Me hizo tomar un té porque me encontraba demasiado nerviosa y preocupada. Ella me decía que me olvidara de todo, que yo no había hecho nada, pero yo le repetía que Raúl había cumplido la amenaza de matarlo. Nunca pensé que fuera cierto. Patricia se tuvo que marchar pero me dejó un poco más tranquila.

A la mañana siguiente llegó Ofelia sobresaltada a darme la noticia y a pedir mi opinión con respecto a lo que había pasado; yo guardé silencio y no pronuncié ni una sola palabra. Sacó un sobre de su bolsa y me dijo que me lo mandaba Raúl; aunque dudé en tomarlo tenía tanto miedo de que supieran que recordaba lo dicho por Raúl, que nerviosamente lo tomé. Por fortuna ella, pretextando que tenía que estar pendiente de la oficina, se marchó. Por mi parte pedí unos días en mi trabajo pues me urgía apartarme de esa gente.

Comencé a buscar departamento, era necesario para mí cambiarme donde Raúl no pudiera encontrarme. Había desaparecido cualquier rastro de amor que yo hubiera tenido por él. Hasta entonces todo lo había perdonado: sus mentiras, sus traiciones, la forma en la que había manipulado mi vida, las amenazas y el poder que al final había ejercido para mantenerme a su lado. Pero ahora tenía que pensar en alguien más importante que yo, mi hija. Para mi extrañeza no sentía miedo ni rencor alguno, sino cierta

143

compasión por ese hombre; pensaba que las predicciones de la señora Francisca se habían cumplido. La compañía de Paulina había convertido a Raúl en un ser vengativo y cruel, como ella. ¿Hasta dónde más sería capaz de arrastrarse? No podía entender: si no la amaba ¿por qué aceptaba esa unión? ¿Quién era esa mujer? ¿Sería cierto que ella manejaba la magia? Al pensar en esto un miedo indescriptible se apoderó de mí.

Sin avisar a nadie, excepto a Ofelia, y sin decirle la dirección, me mudé a avenida Coyoacán 704. ¡Qué lejos estaba de alcanzar la paz y la tranquilidad tan anheladas! Jamás imaginé el infierno que Paulina me haría vivir en su implacable y despiadada persecución.

En apariencia los meses siguientes transcurrieron con serenidad. Mi trabajo proseguía tranquilo; creí por un tiempo haber alcanzado la libertad tan anhelada. Empecé a rodearme de otras amistades fuera del círculo de Raúl. Mi vida era normal: ir al trabajo, recoger de la escuela a mi hija, hablar con las superioras del colegio, con madres de otras niñas, todo eso me hacía sentir un poco más confiada en que podía llevar una vida sin contratiempos.

Como no le había dado mi nueva dirección a Ofelia, ella sólo me hablaba a mi trabajo, y hasta sus llamadas eran poco frecuentes. Raúl no se había acercado a mí ni por teléfono. Me sentía liberada. En diciembre recibí una tarjeta navideña y un pequeño presente a través de Ofelia. En la tarjeta Raúl me decía que tenía mucho trabajo pero que haría lo posible por verme pronto. Rogaba yo que fuera lo contrario y parecía que por fin lograría mi autonomía.

144

La detención de Raúl y el comienzo de mi pesadilla

El día 28 de febrero de 1995 Raúl Salinas de Gortari fue detenido por las autoridades. Recuerdo que me encontraba en una reunión de trabajo cuando mi asistente personal me dio la noticia. Me sentía tan alejada de Raúl y de todo lo relacionado con la familia Salinas que traté de que el asunto no me afectara; pensé que aquello no era posible después de haber gozado la impunidad que brinda el poder. Pero a través de los medios de información me enteré de cómo se le complicaban a Raúl las cosas; los mismos medios se encargaron de hacer pública la vida de los Salinas detalle a detalle. Todas sus mentiras, intrigas y traiciones salieron a flote.

Por mi parte yo le daba gracias a Dios porque en su infinita bondad me había apartado de Raúl Salinas y su gente. Pedía en mis oraciones que algún día ese hombre, al que en un tiempo creí amar, pudiera irse lejos sin hacer más daño. Pero, dolorosamente, me equivocaba. Las cadenas que me ataban a esa familia me harían derramar lágrimas de verdadero sufrimiento.

Un día se presentó Ofelia en mi trabajo; me exigía con un nerviosismo casi al borde del colapso que tenía que saber la dirección donde vivía porque quería ir conmigo y hablar de asuntos muy importantes para todos. Me negué como primera reacción pero ella también se valió de las amenazas, me dijo que haría un escándalo en mi oficina y que pronto vería las consecuencias, que estaba dispuesta a hacer cualquier cosa con tal de lograr su propósito. No me quedó más que cuidar lo único que tenía como sustento para mi hija y para mi casa, así que pedí permiso y juntas fuimos al departamento para saber de una vez por todas a qué se refería.

Cuando estuvimos por fin a solas y lejos de oídos curiosos

145

me empezó a exigir que si tenía papeles, agendas o cualquier documento e incluso fotos que pudieran perjudicar legalmente a Raúl, sobre todo aquellos en los que apareciera el nombre de Manuel Muñoz Rocha, se los entregara de inmediato. Con sus propias manos rompió papeles y agendas, mientras me aconsejaba no hablar con nadie de esto.

Habiendo terminado se despidió no sin antes hacerme la siguiente pregunta: "¿Todavía quieres a Raúl?". Yo, con tal de que se marchara y de no volver a verla jamás, le contesté que sí y traté de cerrar la puerta, pero ella no acababa de salir y con una actitud mucho más amigable me dijo: "Qué bueno, porque posiblemente tengas que ayudarle más adelante. No lo olvides". Ése fue el inicio de una época de mi vida llena de zozobra, angustia y terror. A partir de entonces no cesaban las llamadas y visitas amenazantes no sólo de Ofelia, sino también de Paulina y su séquito de servidores, como su ama de llaves, Patricia Zurita, y sus choferes y secretarios privados.

En una de esas visitas Ofelia, en compañía de Patricia Zurita, me dijo que tomara rápidamente algunas de mis cosas porque me iba a España, pues se habían complicado las cosas en el proceso de Raúl, y ahora era él quien les había ordenado que me marchara lo más pronto posible del país, que no le convenía que estuviera aquí. Yo me negué de manera rotunda. Mi vida y mi corazón ya habían echado raíces en México y sólo quería vivir en paz de mi trabajo y con mis nuevas amistades. Creo que ése fue mi gran error.

Sin decir nada más Ofelia y Patricia se marcharon, dejándome llena de temor y confusión. No entendía qué tenía que ver yo con los problemas legales de Raúl; fue una noche larga e inquietante pues esa gente seguía decidiendo los pasos que tenía yo que dar sin importarles lo que pensaba y lo que sentía. No tenía por qué salir huyendo de este país; nunca había hecho nada malo a nadie y tenía la conciencia tranquila. A la mañana siguiente cuando me disponía para ir a mi trabajo, Ofelia se presentó de nuevo en mi casa y me dijo: "Tienes que irte, la pendeja de Elizabeth ya cometió el error de decir que Manuel Muñoz Rocha sí visitaba a Raúl y cambió la versión que se había dado. La pueden meter a la cárcel por falsedad en declaración. Tenemos que ser muy inteligentes para cubrir a Raúl. A mí me tuvieron en la PGR tres días, pero no me pudieron sacar nada, sólo me amenazaron, pero no me sacaron ni una palabra. Tengo miedo que a ti si te vayan a sacar algo y tú no conoces a los Salinas, así que lo hemos pensado todos muy bien y es mejor que te vayas".

Yo le contesté que no sabía qué era lo que me podían preguntar puesto que después de todo la que se había casado con Raúl era Paulina. Yo trabajaba honradamente y le insistí que me dejara en paz, que no quería irme a España. Ofelia se encolerizó y me gritó que cuál trabajo, que en cualquier momento me lo podían quitar, que no fuera idiota, que más me valía estar del lado de Raúl: "Él va a salir pronto, muy pronto, y si se entera de que no cumpliste sus órdenes te va a seguir hasta el fin del mundo para vengarse". Siguió diciendo que ellos me ayudarían con los pasajes del avión, que lo pensara muy bien y si no, mejor me atuviera a las consecuencias. Finalmente se marchó.

Dos días después de aquella escena me mandó llamar mi jefe para decirme que por desgracia me iban a bajar el sueldo a la mitad de lo establecido en un principio. No me dio ninguna razón lógica, ninguna explicación, sólo que así se había decidido. Ese día transcurrió triste e incierto, no sabía qué pensar y en verdad y de corazón yo no me quería ir de México. Por la tarde, al llegar a mi casa, sonó el teléfono: era Raúl Salinas Lozano, diciéndome que estaba preocupado, pues Ofelia le había comunicado que yo me quería ir a España y que quería que me ayudaran y hasta me atrevía a amenazarlos. Le comenté que había sido todo lo contrario, que era yo la que no me quería ir del país y que Ofelia y Paulina se la pasaban amenazándome.

Como su tono era de comprensión le pedí que me ayudara en lo de mi trabajo, que me habían bajado el sueldo a la mitad. El señor se rio con ironía y me contestó: "No, chula, piensa que hoy se te bajó el sueldo pero que igual mañana te corren. Así que creo que lo mejor para ti y para todos es que tomes un avión y te vayas a España; quien quita y a lo mejor en tu país no tengas ni por qué trabajar, pero aquí nos vas a tener que ayudar. Ofelia te dirá en los siguientes días lo que tienes que hacer".

Después de esta plática mi destino se tornó sombrío y las sorpresas se dieron crueles e implacables. Las amenazas ya no eran sólo amenazas, ahora eran hechos cumplidos. Raúl demostraba su poder al hacer cumplir una vez más sus palabras: "Sólo tengo que levantar el teléfono y te quedarás sin trabajo". Y así sucedió, al poco tiempo de haber reducido mi sueldo a la mitad, pasó a ser del quince por ciento. La presión que se ejercía sobre mí era ya angustiante y lo que tanto temía se dio como un hecho: me despidieron. Después me mandaron golpear, me persiguieron y amenazaron por teléfono a través de Ofelia y Patricia Zurita.

Mi vida era un caos, sentía como si trajera un peso sobre mis hombros, a cualquier trabajo que me presentaba, al escuchar mi nombre se me cerraban de inmediato las puertas. Si tenía que salir a la calle no era raro que alguno de los carros de Raúl me fuera vigilando. Sabía que mi complexión era frágil y que otra golpiza no la resistiría. Además no era yo la que importaba en esos momentos, había alguien inocente a mi lado, tenía que pensar en su seguridad. Sabía que guardaba un secreto y que harían todo lo posible porque ese secreto se guardara oculto por siempre.

Así que un día, a pesar de tener el cuerpo todavía adolorido, con mil esfuerzos, al asomarme a la ventana y ver en la calle acechándome a la gente de Raúl, hice un esfuerzo supremo y decidí ir a la PGR para pedir protección; sabía que la próxima vez no tendría oportunidad de salir con vida, esa gente era capaz de todo y así lo había demostrado ya.

LAS TRAMPAS DE PAULINA

En medio de la más terrible angustia recibí una llamada de Paulina; según ella, para platicar de algunas cuestiones que, argumentó, eran muy importantes para la seguridad de Raúl y de todos los que lo rodeábamos. La cita fue el día 9 de agosto de 1995 por la tarde, en la casa de Reforma 1765. Estaba yo muy confundida y, aunque en un principio había aceptado acudir, no sabía en realidad qué hacer. ¿Para qué me podría necesitar una mujer con el poder y el dinero que Paulina tenía y las relaciones con las que contaba? ¿Por qué razón me pedía ayuda alguien que siempre se comportó de manera prepotente y altanera conmigo? Por otro lado, me sentía por completo indefensa pero muy consciente de que tenía que actuar ante Paulina de manera inteligente y precavida.

Me recibió en la llamada sala de estudio y su trato conmigo fue muy distinto al de costumbre. Preocupada pero con tono amable me dijo que quería que yo le ayudara a desprestigiar a la fiscalía de la PGR, al subprocurador Pablo Chapa Bezanilla, para echar por tierra las investigaciones que se llevaban a cabo en torno a Raúl Salinas. Con ese propósito me informó que planearon grabar un video con mi testimonio; en él yo pediría dinero a Paulina para irme del país y vivir tranquila, y debería mostrarme muy enojada con Ofelia, como si ella fuera la responsable de todo,

151

además de mencionar que Pablo Chapa Bezanilla, un licenciado Cortés y otro de apellido Cuervo, me estaban ofreciendo una fuerte cantidad para comprar mi declaración y perjudicar aún más a Raúl. Fue el hermano de Paulina, Antonio Castañón, el que se encargó de preparar la filmación con ayuda de Juan José Salinas Pasalagua y Paulina Díaz Ordaz Castañón.

Escuché a Paulina en silencio y ella, al ver mi indecisión, me dijo con un tono burlón: "¿Cómo crees tú, María, que he llegado al lugar donde estoy? ¡Fuera ese sentimentalismo, con eso no conseguirás nada! El plan de Raúl es perfecto, lo ha estudiado mil veces y te necesita a ti; es hora de que le demuestres que de verdad le eres fiel, tienes que apoyarlo ahora más que nunca. Todo consiste en desprestigiar a la fiscalía, tenemos que desbaratarlos para que Raúl sea la víctima y lo vamos a conseguir. Tú no vas a estar sola, todos te vamos a apoyar. Tú haces esa declaración y te sacamos del país; pero si te acobardas nosotros seremos tus enemigos, y tú no quieres eso ¿verdad? Sería para ti un infierno sentirte perseguida y quién sabe lo que Raúl sería capaz de hacer. Una cosa sí te digo, tenemos mucho dinero, María, y eso lo es todo, así que tú decides".

El miedo que me embargó fue tan frío e indescriptible que hice mal mi testimonio, y lo único que conseguí fue desesperar a Paulina y ser blanco de su ira. Hoy día lo que puedo decir es que aquel propósito con ese video al final se cumplió y que la verdad se ha distorsionado tanto que nadie puede ya distinguir lo que es mentira. Pero ante la justicia yo ocupé un lugar entre los perdedores, aunque la verdad por la cual fui flagelada moral y físicamente ni el propio Raúl ha podido ni podrá desmentirla jamás, esa verdad es tan real como la existencia de él en la tierra.

Aquella tarde Paulina me dijo que, en efecto, Raúl le había dado la orden de que me protegiera y que no tuviera ninguna relación con los de la PGR. Así que tomé asiento, ya para empezar a grabar el video, y Paulina me pidió ponerme al lado de la cámara; ella se situó al lado izquierdo, me dijo que levantara la cabeza y que actuara de la manera más natural posible. Pero al grabar el video estaba tan nerviosa por el miedo que me equivoqué con los apellidos de los hombres que supuestamente me ofrecían comprar mi declaración; y claro que me equivoqué porque yo no tenía ni idea de quién me hablaba Paulina, yo no los conocía y tan es así que ni podía mencionar sus nombres completos. Esto molestó de sobremanera a Paulina, y como el asunto del video no salió conforme a sus planes, me pidió que lo hiciera por escrito y que ella se encargaría de difundirlo por la prensa. Me negué y ella se enfureció al grado que no sé cómo pude salir de la casa aquella noche. Su rabia me transmitió un miedo nunca antes sentido ni imaginado.

Lo cierto es que por varios días siguió hostigándome en el trabajo y en la casa hablándome con palabras fuertes y amenazas, advirtiéndome que si no firmaba la carta que ella ya había redactado, muy pronto me quedaría sin trabajo. Eran tantas sus insistentes llamadas que yo acepté verla pero con una condición: que no fuera en su casa; entonces ella sugirió que fuera en el Sanborns de Palmas. La intención de reunirme con ella fue convencerla de las razones por las cuales no firmaría ese papel. Cuando llegué a la hora convenida, me sorprendió ver que no estaba Paulina, que en su lugar había llegado su ama de llaves, Patricia Zurita, una solterona de 45 años con una complexión fuerte para su edad, quien fungía como su máxima aliada en cualquier asunto, por más oscuro que éste fuera.

Patricia Zurita me comunicó que traía la carta y que, una vez que la firmara, me daría dos boletos de avión que estaban a mi nombre y al de mi hija para salir al día siguiente a Madrid, pues

153

mi vida estaba en peligro, según sus palabras. Una vez que se convenció de mi decisión de no firmar, se empezó a sentir mal y me pidió que la acompañara al baño; yo la vi realmente muy mal, así que apoyándose sobre mi hombro la conduje al baño. Cuando entramos ella sacó unos papeles y me ordenó que los firmara o en ese momento acabaría conmigo, al tiempo que abrió la puerta de un sanitario de donde salió Jesús, su chofer. Por instinto quise echarme a correr y salir de ahí. No pude: sentí que bruscamente me sujetaban y la mujer no paró de golpearme. Sin saber cómo cuando me di cuenta ya estaba yo en el suelo. Casi inconsciente, apenas sentía los golpes que ahora los dos me seguían propinando por todo el cuerpo; a lo lejos escuché los gritos de una mujer: "La están matando, la están matando". Creo que cuando escucharon esos gritos salieron ellos huyendo. Fue personal del lugar quienes me dieron los primeros auxilios y a ellos pedí llamaran a Patricia para que me viniera a ayudar.

Ya un poco recuperada me dirigí a la Delegación Miguel Hidalgo a levantar un acta de los hechos; esto fue el día 25 de agosto de 1995. Cuando llegué a mi casa sonó el teléfono: era Paulina, quien, de viva voz, me amenazaba diciéndome que me atuviera a las consecuencias de ahora en adelante. Colgué la bocina, no quería escuchar más; desde ese día supe que tendría que luchar contra todos para poder salir con vida.

Durante casi dos semanas entré y salí del Hospital Metropolitano, y en esos días también experimenté el peor susto que una madre puede padecer: un día, al ir la muchacha a recoger a mi hija al colegio, me llamó para avisarme que la niña no estaba, que se la había llevado una señora. Desesperada y sin saber cómo, me levanté de la cama y empecé a vestirme para ir de inmediato a la escuela; en eso sonó de nuevo el teléfono: era la mamá de una compañera de mi hija, me dijo que se había llevado a la niña para que comieran juntas. Le grité que no sabía el sufrimiento que me había hecho pasar, y que por favor regresara a mi hija al colegio. Creo que fue este hecho lo que me motivó a tomar la decisión definitiva de proteger a mi hija. Fue como la mejor alerta para darme cuenta del peligro que corría en el desesperado intento de Paulina por defender a Raúl.

Decidí ir a la Procuraduría General de la República a declarar y en el lugar me recibió el licenciado Cortés al que le conté todo lo ocurrido y me dijo que tomaría mi declaración ministerial. Era el día 11 de septiembre. Temía por la vida de mi hija y por la mía. Faltaban diez días para cumplir la cita para declarar en Almoloya, que sería el 22 de septiembre. Un día antes ya estaba yo muy nerviosa, sin embargo, mi hija se fue al colegio y en la entrada del edificio de mi casa había un agente federal. Cuando Paquita, mi muchacha, me dijo que iba al colegio por la niña pedí que la acompañara el hombre que estaba en la puerta, así me sentiría más tranquila. Al poco rato tocaron y me asomé por la mirilla para ver quién era, al escuchar la voz de un hombre que decía venir de parte de la PGR decidí abrir.

Era un hombre moreno, de bigote, que, sin darme tiempo a nada, sacó una pistola y me la puso en el estómago al tiempo que hacía que me arrodillara jalándome del cabello. Pronunció las palabras inconfundibles de Paulina: con voz amenazante me dijo que si declaraba al día siguiente en Almoloya, me iban a matar a mí y a mi hija, que ya había una bala con el nombre de María Bernal y con el de mi hija, que me iba a regresar a España pero en una caja de ataúd. Sentí pánico y un helado escalofrío recorrió mi cuerpo, como anticipándome a la experiencia de la muerte; pero el hombre, que al parecer no tenía la orden de matarme de inmediato, me aventó al piso y se marchó.

De nuevo sola y aterrorizada llamé a Francisca y a Patricia

para contarles lo que me acababa de suceder. Ellas, como siempre, dispuestas a ayudar, llegaron a la casa e hicieron lo posible por tranquilizarme. Por supuesto que ya no quería ir a declarar pero sabía que ya no había marcha atrás y que si no continuaba con mi responsabilidad moral las consecuencias serían aún más dramáticas.

Al llegar a declarar lo primero que hice fue contarle al juez Diógenes Cruz Figueroa lo que me había ocurrido el día anterior. Todavía recuerdo las palabras que le dije: "Vengo con mucho miedo, con temor de que Raúl Salinas, Paulina Castañón, Ofelia Calvo, Patricia Zurita o cualquiera de los Salinas me pueda matar". El juez me dijo que me tranquilizara, que a partir de ese momento las medidas de seguridad serían más estrictas.

En mi primera declaración me mostraron el video que Paulina había preparado; ella lo había presentado como una prueba de que yo la estaba chantajeando. Lo que Paulina no sabía era que yo ya le había informado al licenciado Cortés sobre dicho video y sobre la carta. Hasta ese momento yo no conocía al señor Pablo Chapa. Al desahogarse esta prueba, tal vez por el afán que tenía Paulina de hacerme daño, se recorrió el cassette y con ello, contrariamente a lo que esperaba, se vio cómo prepararon la grabación Antonio Castañón, Juan José Salinas y Paulina Díaz Ordaz, manipulándola a su conveniencia.

Cuando Paulina vio que todas sus amenazas fueron vanas, y al enterarse de que yo había decidido decir toda la verdad, levantó un acta cuarenta días después de haberme mandado propinar la golpiza. Lo sorprendente fue que en dicha acta era ella la que relataba con lujo de detalles lo ocurrido en el Sanborns de Palmas, aseverando que fui yo la que golpeó a su ama de llaves y a su chofer. Todavía me sigue sorprendiendo el hecho de que Paulina en ningún momento haya estado presente y que, peor aún, fuera ella en persona la que levantara el acta situándose en lugar y fecha, y no su ama de llaves ni su chofer. Esto sirvió para que se comprobara por completo que, en efecto, la que me chantajeaba, la que me extorsionaba y amenazaba de muerte era Paulina Castañón. Además, ella no pudo negar que los boletos de avión que estaban a mi nombre y al de mi hija los había pagado ella misma, en la agencia de viajes Papillón, propiedad del contador Juan Manuel Gómez Gutiérrez y de su prima Ana María Gómez Huesca.

A partir de entonces la guerra de Paulina contra mí fue despiadada; así que no se tocó el corazón para mover sus influencias y quitarme el empleo que tenía en IUSACELL. El día 5 de septiembre de 1995, con todo y muletas, fui a recoger mi liquidación de 20 mil pesos, y cuando les pedí una explicación de por qué se me despedía nadie se atrevió a contestarme con la verdad. Mi trabajo había sido intachable, era la primera en llegar y la última en retirarme, mis actividades de publicidad y relaciones públicas me tenían atareada todo el día con actos, convenciones, redacción de textos, juntas de mercadotecnia y reuniones con clientes. El nombre de María Bernal estaba en todos los boletines internos de IUSACELL y sabía que mi labor en esa empresa fue excelente y que no tenían argumento alguno para despedirme.

Mi primera declaración y lo que pasó después

Ante el juez Diógenes Cruz Figueroa, el día 22 de septiembre de 1995, declaré desde las diez de la mañana hasta las diez de la noche. Contesté con la verdad cada una de sus preguntas pero me sentía agotada y el miedo no dejaba de rondar por mi mente: lo sabía y lo sentía, mi vida y la de mi hija se encontraban en grave peligro. A veces pensaba que hubiera sido mejor haberme callado, otras que hubiera sido mejor decir todo lo que sabía con mayor detalle. Toda la familia Salinas conocía mi dirección, y todos de alguna manera me habían hecho llegar mensajes de muerte. Por esa razón, después de que el licenciado Cortés tomara mi declaración, me dijo que por motivos obvios y para mayor seguridad se encargarían de trasladarme a un lugar protegido.

Así fue como me mudé a una casa que estaba asegurada por la PGR, en la colonia Postal, y pusieron una escolta para mí y para mi hija. Al parecer esa institución policiaca pagaba la renta. En esos días aprendí, entre otras cosas, a cuidarme, a ir espejeando, a estar muy atenta a cualquier movimiento de la calle, de la ciudad, incluso a conocer los hábitos de la gente que vivía en la misma cuadra: qué hacían, cuándo salían y con quién. Conocí el mundo de la policía, los que lo son por vocación y los que sólo utilizan la placa para otros fines.

Los integrantes de la escolta se portaron muy bien conmigo, me cuidaban y me protegían; tan es así que en una ocasión varios automóviles nos encerraron y varios hombres, pistola en mano, se bajaron pero cuando parecía venir la peor parte, la escolta logró abrirse paso salvándome de un trago amargo o de la muerte.

Después de mi primera declaración me sentí un poco más relajada y la escolta me hacía sentir más segura. Por unos amigos de IUSACELL pude por fin conseguir trabajo y traté de llevar mi vida normal a pesar del escándalo y el desprestigio que se había hecho de mi nombre, pero creo que jamás sentí tanta responsabilidad como en esos días, después de haber hecho lo correcto y no haber sido un cómplice más de la familia Salinas. Confirmé lo fácil que es acabar o enlodar la reputación de una mujer y más todavía si se tienen los medios, como los tenía esa familia, para hacer añicos la mía. Pero ¿qué podía esperar yo después de haberme negado a ser manipulada y cargar con malos actos ajenos a mi conciencia?

158

A pesar del lodo que cubría mi apellido mi conciencia estaba en paz. Había roto las cadenas del chantaje. Había dado a conocer la verdad. Confiaba en que hubiera quienes pudieran ver esa verdad a través de la vorágine de publicidad de los medios de información. ¿Acaso ese hombre no fue capaz de manipular a todo un país para conseguir tan sólo satisfacer su soberbia y vanidad?

El careo con Ofelia Calvo y el final de su historia

Mientras yo declaraba una cosa, Ofelia decía otra, por esa razón la Procuraduría nos enfrentó en un careo ante los agentes del Ministerio Público Federal, entre los cuales se encontraban los licenciados Luis A. Burgos, Daniel Aguirre y José de Jesús Cortés Osorio. Yo había dicho que ella llevaba las agendas personales y de negocios de Raúl Salinas de Gortari en las que registraba cada movimiento de gastos y otros asuntos sucios que siempre guardaba celosamente en una libreta de forro verde. Ofelia había negado que Raúl fuera dueño de las muchas propiedades que habían sido confiscadas, aclaraba que su jefe alquilaba los inmuebles o que eran propiedad de amigos que se las prestaban por un tiempo. En una palabra, Ofelia lo negó todo y para ello había inventado mil excusas e historias distintas, que a la hora de enfrentarlas con mi versión, por más astuta que fuera, ella siempre caía en contradicciones, pues la verdad sólo tenía un camino, y esa verdad la tenía yo.

Cuando se tocó el tema de Las Mendocinas ella dijo que nunca había visto los papeles que avalaran que esa propiedad fuera de Raúl y que además ella no conocía esa finca. Entonces yo le contestaba que tenía fotos de ella en ese lugar y que no dijera mentiras porque si alguien sabía de sobra quién era Raúl Salinas

159

y qué negocios y amistades tenía era ella, su asistente desde hacía
más de quince años. El mismo argumento señaló al referirse
a todas propiedades de Raúl: que ella no tenía en su poder documentos que acreditaran dichos inmuebles como suyos.

También desmentí a Ofelia en el sentido que ella negó conocer a Manuel Muñoz Rocha. Por supuesto que conocía a ese
hombre: era ella la encargada de recibir las llamadas de Raúl y
sus visitas, entre las cuales se encontraban las muy frecuentes de
Manuel Muñoz Rocha. Declaré que por el mes de mayo de 1994,
Ofelia recibió una llamada de este hombre y que la había regis-
trado en una de sus libretas, y que ese mismo día la vi salir a la puerta de la entrada a encontrarse con alguien y que al preguntarle
yo que de quién se trataba, me contestó que era Manuel Muñoz
Rocha.

Para ese tiempo yo ya sabía la otra parte de la historia de
esta siniestra mujer: sabía que desde muy joven se había hecho
amante de Raúl; es más, que había sido su primer hombre, y que
por ese motivo nunca lo había dejado de amar. A pesar del rencor que en ocasiones le despertaba ese hombre, había sido su fiel
colaboradora, al grado de pisotear su propia dignidad con tal de
tener a Raúl contento y a su lado, aunque ya no hubiera ninguna
relación sentimental. En el fondo lo seguía amando y estaba dispuesta a hacer cualquier cosa por salvarlo, aunque sacrificara su
propia libertad para aminorar los cargos del hermano del expre-
sidente.

Ahí estaba, delgada, pálida, nerviosa, sin dar marcha atrás a
su propósito pero con todas las evidencias en su contra. Me daba
pena verla así, pues todavía conservaba un buen recuerdo de cuando yo pensaba que éramos amigas y compartíamos momentos importantes para las dos. Pero esa, la que estaba hablando, no era
la mujer sencilla, tímida y mal vestida que conocí, era otra; era

160

una mujer llena de odio y veneno para defender lo que al final le había dejado su relación con Raúl: dinero y complicidad en la corrupción.

Ofelia fue acusada de falsedad en declaración y le dieron tres años de sentencia, que le permitieron alcanzar la libertad bajo fianza.

La osamenta de El Encanto

Un día el licenciado Cortés me llamó para preguntarme si conocía la finca El Encanto. Me pidió que si lo podía acompañar a ese lugar porque no sabía dónde se ubicaban ciertas partes de la finca y me dijo que pasarían a buscarme Patricia y Francisca. Así ocurrió. Al llegar parecía que se llevaba a cabo una excavación. Jamás fuimos al lugar donde ésta se realizaba, sólo llegamos hasta la cancha de tenis. En el sitio excavado había muchísima gente, incluso periodistas. Apenas estuvimos si acaso quince minutos. El Encanto me trajo tantos recuerdos dolorosos y amargos que le dije al licenciado Cortés que prefería marcharme, y así lo hicimos las tres, cada una a sus respectivas casas, más que por miedo por prudencia, pues se comentaba que, al parecer, buscaban una tumba. Yo no quise enterarme de más. Me parecía un asunto muy delicado.

Al día siguiente supe que habían encontrado una osamenta. Quiero que quede muy claro: nunca recibí ni un solo centavo de la PGR, nunca. No recibí ningún beneficio por haber declarado; al contrario, encontré muchísimos problemas como el no conseguir trabajo durante una larga temporada y no tener una vida estable.

Esto va en contra de la verdad que sostienen los funcionarios de la Procuraduría General de la República y la del Distrito Federal, comandadas por Antonio Lozano Gracia y José Antonio

161

González Fernández, respectivamente, que entonces participaron en las supuestas investigaciones de esa truculenta historia.

Es inútil que Raúl Salinas niegue la relación con Francisca Zetina Chávez, a quien se conoce como la Paca. Esa mujer sí se ganó mi aprecio y cariño por la gran amistad que me brindó desde un principio y por su gran corazón. La casa de Reforma 1765 fue el escenario de muchas consultas esotéricas que Raúl le solicitaba a Francisca Zetina. También Ofelia Calvo y hasta la propia Paulina se encargaron de estrechar los lazos entre la Paca y Raúl, los cuales terminaron con la vergonzosa historia de la osamenta.

Mi detención

Eran aproximadamente las ocho y media de la noche del 14 de enero de 1997. Me encontraba en mi casa cuando de pronto escuché una gran cantidad de patrullas con las sirenas encendidas, que se enfrenaban rechinando las llantas justo enfrente de la casa. Al asomarme por una de las ventanas, me di cuenta de que era un aparatoso e innecesario operativo de agentes de la Procuraduría General de Justicia del Distrito Federal, que, por si fuera poco, ya habían cerrado la calle.

La paranoia se apoderó de mí. Abracé a mi hija y lancé una oración al cielo. Las piernas me temblaban y sentía el correr de la sangre helada por todo mi cuerpo. Respiré profundo y traté de tranquilizarme. Lo único que pude imaginar era que me iban a trasladar al penal de máxima seguridad de Almoloya de Juárez para realizar una de las acostumbradas audiencias.

A la puerta tocó una mujer acompañada de dos sujetos malencarados. No venían solos, pues al entrar les siguieron más de una docena de hombres, todos ellos con pistola y credenciales de

162

policías. La mujer me informó que desde ese momento quedaba en arraigo domiciliario por estar involucrada con las investigaciones que se realizaban sobre lo que pareció ser la "siembra" de una osamenta en la finca El Encanto. Mi primera reacción fue solicitarle los documentos legales que confirmaban mi arraigo, aunque en el fondo pensé que había una confusión.

La mujer se limitó a decirme que cumplía órdenes y que así me mantendrían por no sé cuánto tiempo. Uno de los comandantes, que se identificó como Ismael de la Rosa, dio instrucciones a sus subordinados de que vigilaran cada uno de mis movimientos; luego se me indicó que no podía poner un pie fuera de la casa y que tuviera mucho cuidado en darme a la fuga. Otra vez acudían a mí los recuerdos. Pasó por mi cabeza el día en que Ofelia puso sobre aviso a Diego Ormedilla para que saliera del país porque ya habían detenido a Raúl Salinas. Yo, por el contrario, no tenía nada que ocultar y sabía que debía de encarar los actos por los cuales se me acusaba.

Poco a poco entraron los agentes judiciales y procedieron a ocupar todas las habitaciones aparte de la calle. Parecía campo de batalla; no consideraron que en esa casa sólo vivíamos mi hija Leticia, de tan sólo nueve años, y yo. La presencia de esa gente duró hasta el 31 de enero en que me llevaron al Reclusorio Femenil Oriente. Después de haber pasado por inacabables y agotadoras jornadas de declaraciones en varias dependencias de justicia, me volvieron a llevar a la PGJDF. Me metieron en una pequeña habitación y unos minutos después entró el general Luis Roberto González Gutiérrez, quien me empezó a amenazar gritándome que si no declaraba en contra de la señora Francisca Zetina me iba a consignar y de paso me iba a inventar muchos cargos más. Sacando fuerzas no sé de dónde le contesté que no iba a hablar con él hasta que estuviera en el Ministerio Público y delante de mi abo-

163

gado. Volvió a gritar que me consignaría al día siguiente y yo le respondí: "Que así sea, señor".

Salió dando un portazo. En la habitación sólo había un colchón mugroso tirado en el suelo y un sofá negro. Estaba yo inmóvil, quería poner mis pensamientos en orden, no entendía lo que me estaba sucediendo. Miré el reloj que llevaba en mi bolsa, eran casi las nueve de la noche. Saqué un cigarro y lo prendí nerviosamente. A lo lejos, escuché la voz del general que le decía a otra persona que a mí y a veinte más nos iba a mandar al reclusorio. Intenté por todos los medios de tranquilizarme pero no había forma de dejar de temblar. La presencia de una mujer policía me sacó de mi letargo. Era joven, no más de 20 años, me miró como haciéndome mil preguntas y luego guardamos silencio por un rato.

Me pareció oir que en las habitaciones de al lado estaban Francisca y Patricia Zetina por los gritos de aquel inquisidor Luis Roberto González Gutiérrez que amenazaba y ordenaba: "Los quiero aquí a todos menos a la Bernal, para ella tengo otros planes". Se oyeron pasos y forcejeos y como murmullos de varias personas, pero la única voz que se oía clara y amenazante era la de él. Pude escuchar que decía: "Tengo un día para darle identidad a la osamenta, así que ustedes me van a decir quién es". Luego se oyó como que golpeaban a alguien y unos sollozos, mientras que la voz apagada de un hombre decía algo que no alcancé a oir, lo que sí escuché fue la voz del general diciendo: "Ésa va a ser la osamenta. Ya estuvo". Todo quedó en silencio. De nuevo escuché murmullos en voz baja y, al notar mi sobresalto, la mujer me contestó que, en efecto, ahí se encontraban las hermanas Zetina.

Me empecé a tranquilizar, no estaba sola y le di gracias a Dios. La mujer no dejaba de observarme. Cerré mis ojos unos momentos, no quería que notara que estaba a punto de llorar, simulé un estornudo, saqué un pañuelo y limpié mi nariz. Empezó a hacerme preguntas, que de dónde era, que por qué estaba ahí, yo le contestaba sin poner mucha atención, lo único que quería era poder despejar mi mente un poco. Algo me decía que ya no iba a salir de ahí.

Comencé a rezar mientras la joven me contaba la historia de su vida. Hacía poco tiempo que era policía, la necesidad de cobrar un sueldo para pagar sus estudios era uno de los motivos, además tenía que trabajar duro porque era la única mujer entre muchos hermanos. La había dejado su novio por un problema con una amiga. Todos en su casa trabajaban. Me preguntó que si yo también hacía brujerías como mis amigas, a lo que no le contesté. Siguió hablando de su madre. Me preguntaba por qué me estaría contando todo eso y seguí rezando.

Habían pasado dos horas cuando de un puntapié se abrió la puerta. Era un hombre que traía un pedazo de pizza para que comiera. Del asco bajé la mirada y me quedé mirando sus zapatos negros, viejos y sin lustrar. Su pantalón de mezclilla parecía que había estado en el desierto, hasta le faltaba un botón que trataba de ocultar con el cinturón, demasiado ajustado para su hinchada barriga. Traía puesta una camisa mal planchada de rayas azul con blanco abierta hasta la mitad del pecho y una chamarra color vino, muy deteriorada. Su pelo estaba grasiento y en general su aspecto era bastante desagradable.

Quería ir al baño pero la mujer que me custodiaba se había marchado. Abrí la puerta temerosamente, había un largo pasillo con habitaciones en ambos lados. En el centro se encontraban hombres policías vestidos de negro con armas largas y cortas. Uno de ellos se me acercó y con mirada de lujuria me comunicó que para que pudiera ir al baño tenía que esperar a una compañera policía. Después de un buen rato por fin la custodia de mis amigas me llevó al baño. El sitio era verdaderamente asqueroso pero no tuve otro remedio más que entrar. Luego le pedí un vaso de agua y me regresó a la habitación. No habían pasado cinco minutos cuando vi pasar a una de mis amigas y también me sacaron a mí. Nos sentaron una frente a la otra y yo le busqué la mirada para tratar de tranquilizarme, ella me dijo en voz baja que me serenara.

Un hombre me entregó lápiz y papel y me dictó muchas palabras. Me daba indicaciones de mayúsculas y minúsculas y así llené más de cinco hojas oficio. Me dijeron que era una prueba de caligrafía. A mi amiga la noté muy cansada, agotada, escribía lento, como si no tuviera prisa. Luego escuché la voz de otro hombre que decía que los demás ya habían terminado y que sólo faltábamos nosotras. Cuando acabé me pasaron a otra habitación, también pequeña, con un escritorio viejo y deteriorado y dos sillas negras y mugrosas. Encima del escritorio había un maletín grande de color aluminio. Se presentó un señor que me dijo que me iba a hacer una prueba criminológica y que para ello utilizaría un detector de mentiras, a lo que yo le contesté que no hacía falta.

Empezó a preguntarme cosas que para mí no tenían ningún sentido, luego se levantó de la silla y se marchó. Ahora me habían llevado a otra habitación casi igual pero con una ventana que daba a la calle. Deseaba que esa pesadilla terminara pero ni siquiera podía dormir para tratar de engañarme. En cambio, la ciudad dormía, eran las cuatro de la mañana del día 31 de enero. Me recosté y estuve rezando, pero me interrumpió la voz de un policía que me decía que descansara, que no tuviera miedo, que me haría bien dormir. Traté de distinguir su rostro pero no pude, lo último que escuché fue que me dijo que ya no fumara, que me iba a hacer mal. En silencio agradecí la amabilidad de ese

166

desconocido policía que parecía conocer de sobra las injusticias que se cometen en esos lugares.

No tardaron en llamarme otra vez para declarar. Había dos personas, una con una computadora y la otra anotando. El hombre que trabajaba en la computadora parecía que no había dormido en días. Cerraba los ojos y se rascaba la cabeza continuamente. Le dije que no tenía nada más que declarar y ante mi negativa no pudo ocultar su enojo y me dijo que si no cooperaba me metería en muchos problemas. Luego suspiró y comenzó a escribir. Cuando terminó apoyó la cabeza en la pared y se quedó dormido alrededor de media hora. Despertó contrariado y me miró como preguntándome cuánto tiempo había dormido. Se levantó como si estuviera muy adolorido y salió no sin antes pedirle al policía que me vigilara.

Luego regresó con una mujer que se lamentaba de estar muy cansada. Eran casi las seis de la mañana. La mujer insistió en que declarara. Le sonreí y le dije que no tenía nada que decir. Entonces mandó sacar copias de la declaración; se tardó una hora más, firmé rápidamente y le pregunté si me podía marchar. Al ver la expresión de su cara confirmé que estaba detenida. El general había cumplido su promesa. Me sentí derrotada. Una vez en el cuarto me quité el saco con desgano, me recosté en el sofá y cerca de las ocho de la mañana por fin me venció el sueño.

Alguien gritaba mi nombre. Me desperté asustada y de un salto me puse de pie, me acomodé el pantalón y me alisé el cabello. Otra prueba, pensé. Pero cuando salí vi que todas las personas que ocupaban los cuartos estaban afuera, y también policías, ministerios públicos y el general. Caminé despacio. Todos me miraban y uno de ellos, con cara de perro, que llevaba una cámara y una video me gritó: "¡Póngase ahí!". Me dirigí a donde me indicó y detrás de mí quedó un mapa de la república. Me tomó unas

167

cuatro o cinco fotografías mientras a otro le pasaba la cámara para que me grabara. Siguió gritándome con la intención de intimidarme y me preguntó que cuál era mi nombre, de dónde provenía, cuándo había llegado a México y qué relación tenía con Francisca Zetina. Una vez que contesté a todos sus cuestionamientos dijo en voz alta que con eso era suficiente.

El trato que se me daba era de una delincuente. Con dificultad podía sostenerme en pie pero de inmediato nos ordenaron que nos pusiéramos en fila. De izquierda a derecha estábamos Mayra Susana Hernández Zetina, Sandra Regina Hernández Zetina, yo, María Bernal Romero, Francisca Zetina Chávez, Patricia Zetina Chávez, Joaquín Rodríguez Cortés y Bulmaro Castelán Murillo. A todos nos grabaron por unos minutos. "Están cometiendo una injusticia con nosotros, pídanle a Dios Padre que nos ayude y recen para que se haga justicia", gritó Francisca Zetina a los presentes. Nos miraban disfrutando el espectáculo; el policía generoso, el único que había demostrado un gesto de humanidad, agachó la cabeza; en cambio, el general, el inquisidor, sonreía triunfante.

Caminamos lentamente hacia los cuartos; Paca me abrazó y Patricia guardó silencio. ¿Qué esperaban para llevarnos al reclusorio? Dormí por cuatro horas y mi despertar fue aún más doloroso, la pesadilla continuaba. Cuando escuché que todos se habían marchado le pedí a un policía que me llevara junto con mis compañeras, éste accedió pero me dijo que si llegaba uno de sus jefes me regresaría de inmediato. Conversamos durante un rato de nuestras impresiones de lo sucedido. Paca le reprochaba a Joaquín por qué había dicho eso, pues ahora tenía que decir todo lo que le ordenaban. Yo no comprendía de lo que hablaban, era absurdo lo que estaba sucediendo. Todavía tuvimos fuerzas para darnos ánimos a pesar del maltrato y las humillaciones que habíamos recibido y que sabíamos que sólo eran parte de lo que nos esperaba.

Vimos llegar a unos doctores y empezaron a llamarnos una por una. Me pidieron que me desnudara para revisar si no tenía golpes. Después de la revisión nos esposaron; pensé que sería mejor que me hubieran cacheteado. Todos nos mirábamos desconcertados y a empujones nos llevaron a un ascensor muy grande, viejo y destartalado, que con trabajos funcionaba. Éramos como treinta personas y yo me coloqué en un rincón junto a Patricia, las dos estábamos paralizadas. Salimos a un patio en el que había dos furgones con las puertas abiertas de la parte de atrás. Traté de subir lo más rápido que pude pero con las esposas se pierde el equilibrio, y cuando por fin subí, abrieron las esposas para engancharlas en un tubo que había, como si fuera una experta en realizar trucos de escapismo.

Por último sólo escuché la voz del general: "Llévense a estas estúpidas viejas al reclusorio. Que se pudran allá". Las puertas se cerraron y nos cubrió una fría oscuridad. Hasta entonces no había conocido el miedo. Aún me despierto en las noches sobresaltada y sé que en toda mi vida no olvidaré ese momento. Nos quedamos en silencio escuchando las sirenas de las patrullas que nos seguían. La sangre me golpeaba la sien, parecía que me iba a estallar. Necesitaba oir unas palabras de consuelo, y Francisca, como adivinándome el pensamiento, dijo: "Tenemos que ser fuertes a partir de ahora. La esencia de Dios está con nosotros. El Señor es mi pastor y nada malo nos pasará; dejen el mundo material y creamos en la verdad espiritual".

Las sirenas se callaron. El furgón enfrenó en seco y se abrieron las puertas. Mujeres policías nos abrieron las esposas y nos sentaron en una banca de madera, justo cuando empezaba a chispear. No me molestaba sentir la lluvia fría porque eso me

169

aseguraba que estaba viva. Por un pasillo oscuro que parecía interminable, caminamos en silencio aún guardando la esperanza de que sólo estaríamos ahí por unas horas, o tal vez unos días. Unas mujeres vestidas de negro nos esperaban en un antesala donde tomaron nuestros datos y nos pasaron a una celda para darnos los uniformes que en adelante portaríamos, según me comentó una de las custodias.

Pregunté si me podía desnudar en otro lugar y me contestaron que no y que más valía que me fuera acostumbrando a que en ese sitio no se podía tener intimidad. Entregamos todas nuestras pertenencias y llegó una mujer que se presentó como la directora del Reclusorio Femenil Oriente, una mujer que hablaba con decisión y seguridad. Tomaron mis huellas digitales y me fotografiaron de frente y de perfil. Luego me leyeron cuatro cargos: falsedad en declaraciones, uso indebido de atribuciones y facultades, asociación delictuosa y encubrimiento. ¡En un instante mi mundo se derrumbó!

Sólo pensaba en mi hija y recé mil plegarias para que estuviera protegida y cuidada por ese Dios Todopoderoso. Una mujer vestida de negro me acompañó hasta la celda y una vez dentro cerró la reja. Fue la primera vez que lloré con todas mis fuerzas mientras terribles sentimientos se entremezclaban en mi alma: la desesperación, la impotencia, la angustia, la tristeza y el miedo. En el pasillo se oía el llanto de cada una de nosotras, como una amarga despedida de nuestra libertad.

La directora regresó y nos presentó al jefe de custodios. Le pedí que llamara a la persona que me ayudaba en el cuidado de mi hija para avisarle lo sucedido y que ésta a su vez les hablara a mis familiares en España. Sin contestarme, me dejó una cobija, un rollo de papel y un jabón. Las paredes del cuarto estaban escarapeladas y rayadas de bolígrafo por todas partes. Un colchón sucio y una tasa de baño en peor estado era la decoración del lugar. Dos quesadillas frías secas y un té de canela era lo que habían llevado para cenar. No tenía hambre, sólo quería echarme a correr y no parar. Por la sed me tomé el té y le pedí a una de las custodias que me regalara un cigarro. No podía dejar de llorar, me acosté vestida, no quería tocar la manta ni el colchón, pues nada más de verlos me daban náuseas.

Ya casi al amanecer dormité unos minutos, al tiempo que escuchaba las órdenes para levantarnos a bañar. Abrí la regadera y no salió agua caliente. Decidí lavarme la cara y alistarme. A las nueve de la mañana llegó una abogada para decirnos que iríamos a los juzgados. Otra custodia pasó gritando: "¿Ya se bañaron, fodongas?". Le expliqué que no había agua caliente y se rio diciendo que el agua caliente sólo salía a las seis y media de la mañana. Nos llevaron al juzgado 16 Penal Oriente y nos dejaron esperando en un pasillo; de pronto vimos que llegaban Joaquín y Bulmaro y en sus rostros se notaba el pánico.

Me asomé por una rendija y vi a más de setenta periodistas de todos los medios, en lo que parecía ser el compás de espera de un gran espectáculo. Y así fue, en cuanto caminamos por la tarima no pararon los flashazos de las cámaras y las luces de las televisoras cegaban mis ojos. Una profunda vergüenza y un enorme asco me hacían sentir como la protagonista de un teatro dirigido sólo para humillarnos en público. El juez nos notificó que nos iba a tomar la declaración a todos y nos regresaron de nuevo al pasillo. Cuando llegó mi turno, no pude más que encomendarme a ese Dios todopoderoso y sentí otra vez las incansables luces de los flashes sobre mi rostro.

Ya no me importaba nada, únicamente deseaba que todo terminara y poder irme a mi casa, pues todos los cargos eran inventados y tenía la conciencia tranquila. El juez me volvió a pre-

171

guntar si quería declarar y le dije que no, que me guardaba ese derecho, pero le pregunté si tenía derecho a libertad bajo fianza y él contestó que después vería eso. Más tarde me llamó para decirme que no podía darme la libertad porque el Ministerio Público se oponía. Me sentía en un laberinto lleno de injusticias sin saber cuál camino tomar y qué puerta tocar para que se me escuchara. El día 6 de febrero el juez me dictó el auto de formal prisión.

Creí que hablar con la verdad me liberaría de la maldad y rompería las cadenas que me ataron un día al apellido Salinas. Mi detención fue injusta y vergonzosa porque se me juzgó con saña y morbosidad y jamás fui cómplice de nada porque libré una batalla que puso en riesgo mi vida y la de mi hija. En ningún momento fui partícipe de las acciones de Raúl que causaron muerte y muchas lágrimas.

En aquellos días mi hija se había quedado con Paquita, quien me asistía en las tareas del hogar. Desde la cárcel llamé a mis padres, quienes acompañados de mis hermanos viajaron a México. Se entrevistaron con un cónsul de la Embajada Española. Contando con mi plena anuencia se la llevaron a vivir con ellos en España.

Mis primeros días en el reclusorio

Esa época de mi vida no fue fácil en ningún momento, ya que a cada paso que daba muchas miradas estaban atentas a mí. La primera noche que pasé ahí traté de poner en orden mis ideas pero las pruebas en mi contra parecían bien fabricadas, tanto que la opinión pública nos señalaba con sus burlas mordaces y sarcásticas. Todos se habían convertido en implacables jueces al creernos culpables.

Nada puede hacer el ser humano cuando la prepotencia de leyes mal aplicadas y de algunas personas deshonestas nos llevan como a mí, María Bernal, a estar tras unas rejas que impedían mi libertad. Me dominaba la sensacion de impotencia y sufría por todos aquellos que estaban afuera llenos de dolor y desesperación, como mis padres, mis hermanos y mis otros seres queridos. Había sentido el frío de las esposas en mis manos, había sentido la humillación de ver a mi alrededor rostros que disfrutaban morbosamente de mi dolor y de la desgracia de mi debilidad ante la ambición de los valores materiales.

Nadie parecía escuchar los lamentos que brotaban de mi alma y de mi espíritu atormentado que veía y sentía a mi cuerpo y mi mente flagelados. Todas mis fuerzas no bastaban para defenderme de la maldad y la injusticia, tan sólo pude afianzarme de la fe y de la inocencia que vivía limpia en mi corazón y que era la chispa de confianza que me decía que así como se abrieron esas rejas para recibirme como prisionera, de igual forma se abrirían para devolverme la libertad arrebatada.

Fueron meses agotadores y asfixiantes, llenos de exámenes de todo tipo con psicólogos, trabajadoras sociales, criminólogos y otros especialistas que se dedicaban a querer encontrar enfermedad en donde no la había. Y por si fuera poco, era presionada constantemente por las visitas de la fiscalía que me sometían a terribles interrogatorios, y las obligadas comparecencias y careos como testigo o coacusada.

Si el reclusorio era un lugar oscuro y maloliente, el sitio al que nos habían destinado era peor, pues era el pasillo que tenían para castigar a las reclusas de mal comportamiento. Alejado de todo contacto con los demás espacios, el lugar era húmedo y asqueroso con seis celdas en extremo pequeñas y una plancha de cemento gris que perturbaba mis sobresaltados sueños. En aquel

173

ambiente apenas se podía respirar y en la última de las celdas se guardaba la ropa de las internas que tenían la desgracia de llegar ahí. No era ropa limpia, era un depósito de ropa y pertenencias que se les quitaba al ingresar y al mismo tiempo era cambiado por un uniforme color beige usado por alguna que había tenido la fortuna de marcharse. Esa ropa estaba impregnada de desesperación, sufrimiento, enfermedad, lágrimas, impotencia e injusticias, era el padecimiento de las almas y espíritus prisioneros que habían estado ahí.

De ese cuarto salían unas enormes cucarachas que se introducían hasta nuestras estancias; era repugnante tener que soportarlas sin poder hacer nada. Tuvimos que portarnos muy bien para que se nos diera una escoba vieja y así por lo menos sacarlas. Frente a mi celda, en una esquina, se encontraban las custodias que, en pareja, nos vigilaban las veinticuatro horas del día. Nos hablaban para lo estrictamente necesario y cada diez minutos anotaban en sus libretas los detalles de nuestro comportamiento, si estábamos sentadas, recostadas, calladas, llorando, e incluso cuántas veces íbamos al baño. Todas las mañanas, al dar el aviso para anunciar el desayuno, me apresuraba a entregar por entre las rejas un plato grasiento, una cuchara vieja y un vaso de plástico mal cortado para que me dieran los alimentos.

Tenía diez minutos para comer y luego enjuagar y secar los trastes para después dejarlos en una diminuta mesa de cemento que había en la celda. Por supuesto no había jabón ni ningún utensilio de limpieza, por lo que siempre quedaban grasientos y sucios. Más tarde me enteré por las mismas compañeras que ese lugar era llamado el Apando, nombre que se hizo popular por una película que narraba la terrible existencia de quienes eran apandados. Así estuve durante toda mi estancia.

A nuestra llegada las custodias que vestían de negro nos

trataban con prepotencia y crueldad. Las internas nos veían con temor y lástima, pero al paso del tiempo, con esfuerzo, trabajo y respeto, nos ganamos su confianza y afecto, y lo mismo ocurrió con algunas mujeres que trabajaban en los mandos medios y superiores, todas ellas de una gran calidad humana, nos llegaron a conocer y a considerar como de su familia. Puedo dar las gracias por lo bueno que fue descubrir que hasta en los lugares más repudiados por el hombre se encuentran personas dispuestas a dar y entregar lo mejor de lo que son capaces.

La angustia que sentía me hacía pensar que no resistiría por mucho tiempo, pero no fue así, logré sobrevivir gracias a la fortaleza que me daba el saberme inocente de toda aquella infamia. Bajé diez kilos de peso y esporádicamente me daban permiso de llamarle a mi hija y a mis padres. Escucharlos me daba tranquilidad pero siempre me quedaba un vacío de soledad y tristeza al sentir la pena que les causaba el saberme en ese lugar. Mi familia en todo momento confió en mí y siempre me apoyó en todos los sentidos. Estaban muy lejos, pero lo cierto es que yo los sentía cerca pues los hechos me lo demostraron. Esa amarga experiencia me hizo descubrir la fe, ese poder que nos convierte milagrosamente en un ser espiritual capaz de enfrentar toda maldad y que nos da la sabiduría para entender que no es un juez terrenal el que nos juzga. A través de los días un maravilloso cambio de paz y tranquilidad se manifestó en mí y en mis compañeras. Hoy día soy el testimonio vivo de que mientras esa llama divina me alimente estaré siempre en armonía conmigo misma y con los demás.

Un día le pregunté a Francisca Zetina que por qué estábamos en ese terrible lugar y ella sabiamente me respondió: "No preguntes, María, sólo ten fe y confianza en Dios Todopoderoso que nos ha de salvar, en su momento, de estar aquí. Él sabe que somos inocentes, y si para no exponerlas a un mal peor a todas ustedes tengo que quedar en un papel denigrante así será. No preguntes más, descansa y no pierdas la fe". Después de esa plática jamás volvimos a tocar el tema.

Dentro del reclusorio se ve y se escucha todo, nada se ignora. Cuántos inocentes pagan injustamente una condena porque carecen de poder y de dinero. Pude escuchar, ver y oir lo que querían hacer de mi persona, para al sacrificarme, pagar los errores y la ambición de aquellos que un día se perdieron en la soberbia y el poder. A través de abogados, jueces y magistrados pude conocer lo que era un secreto a voces, que todo aquello era una triste manipulación de autoridades corruptas y sin calidad moral.

Tuve el tiempo suficiente para recorrer reclusorios, juzgados, instituciones y hablar con el personal que ahí laboraba, y todos coincidían en que por desgracia había estado en el ojo del huracán. ¿Qué podía esperar de esa mente manipuladora que fue capaz de dirigir a toda una nación en su política, sabedor de cómo aplicar la fuerza del poder y así eliminar obstáculos como el más cruel inquisidor? La evidencia más palpable estaba en nuestra penosa realidad ya que su propósito se cumplió al destrozar a todos aquellos que un día lo señalaron. No sé si admirar u horrorizarme al sentir ejercer su fría maldad. Los funcionarios públicos quedaron fuera de toda acusación o señalamiento, y a los que jamás ocupamos un cargo público se nos fincaron responsabilidades tan grandes que hasta el más inepto no habría podido ser engañado. ¡Qué fácil para ellos salir limpios y librados de toda culpa! Podemos esperar todo de los hombres que conocen las leyes y sus mil artimañas.

Me acerqué a ellos después de haber sido intimada, acusada y golpeada, con el miedo más profundo de perder la vida y

176

de dejar sin protección a lo que más amo, mi hija. Se aprovecharon del terror que me invadía y contrariamente a la ayuda que les pedí, sólo recibí de ellos mentiras y trampas que demeritaban mi persona y elevaban su supuesta eficacia e imagen pública. Respeto el silencio de la señora Zetina, quien prefirió el desprestigio y la burla de la opinión pública antes de señalar a los verdaderos culpables que hoy disfrutan de la libertad.

Durante mi estancia en el reclusorio tenía que realizar las mismas diligencias que se llevaban a cabo con los exfuncionarios de la PGR que tuvieron a su cargo la fiscalía del caso Colosio, Posadas y Ruiz Massieu. Los anchos y largos pasillos interiores del reclusorio que llevan a los juzgados se comunicaban por medio de túneles con el varonil, por lo que tuve una tensa convivencia con aquellos exfuncionarios. Nueve meses no me bastaron para entender el porqué de mi arrebatada libertad, casi un año de ver y escuchar sus declaraciones en las que se decían engañados por la señora Francisca Zetina. Pero realmente ¿quién puede decir quién engañó a quién?, sólo trato de aceptar que cuando se nos priva de nuestra libertad como seres humanos somos capaces de aceptar cualquier papel, no importa lo denigrante que sea, si en eso va esa chispa de esperanza de alcanzar de nuevo la libertad.

En cada una de las audiencias le pedían a la señora Zetina que se sostuviera en lo dicho de que los había engañado, ya que aunque a ellos les tocara el papel de tontos, era la única manera de deslindarse de sus responsabilidades. Y le prometían que más adelante le ayudarían a salir libre. Ella tenía un gran temor y prefirió creer en su palabra que inculparlos. El día que nos sentenciaron en el juzgado 16 a través de Gallegos Garcilazo, a la señora Francisca Zetina y al señor Ramiro les tocaron más años de condena.

Recuerdo las amargas experiencias de mis traslados, las

177

largas audiencias en el Juzgado Quinto. donde no había ni una sola silla que nos permitiera descansar un poco. Recuerdo en especial aquella ocasión en que habiéndose tomado medidas extremas de seguridad y siendo custodiadas por patrulleros, se ponchó una llanta del furgón en el que viajábamos. No sé en qué lugar ocurrió pero sentí que era cerca del reclusorio. Como era lógico tuvimos que descender del vehículo y fue todo un escándalo porque se formó de manera expectante un círculo de custodios, entre hombres y mujeres, con armas largas y preparadas como si fuéramos a escapar. Nunca se nos hubiera ocurrido y mucho menos cuando una de las compañeras estaba tan enferma que apenas podía caminar.

La anécdota puede parecer chusca pero me hizo recapacitar acerca del gran valor de la libertad y de lo que se disfruta ésta cuando se está privado de ella. No me importó lo humillante de ver a esos custodios observándonos de forma despectiva y hasta con cierto temor, pues yo estaba feliz de sentir por unos instantes la libertad y de ver y apreciar las calles en sus mínimos detalles que ahora alcanzaba a captar. Francisca Zetina y yo nos reíamos de ese hecho inesperado que formó tal alboroto y nos hizo sentir, por un lado amenazadas, y por el otro liberadas por unos instantes.

El careo con Raúl

Sin saber a dónde me llevaban y siendo las cinco de la madrugada del 19 de marzo de 1997, llegó hasta mi celda una custodia diciendo que me preparara pues iría a una diligencia a Almoloya. Pero antes se me realizaría un chequeo, para tal efecto tenía que ir al Reclusorio Varonil que se comunica con el femenil por medio de un gran túnel oscuro y tenebroso. Antes de

178

llegar al consultorio médico pasé por insufribles revisiones en las aduanas. Siempre iba acompañada por más de diez custodios entre hombres y mujeres y cuando les preguntaba que por qué me vigilaban tan exageradamente, ellos repetían siempre lo mismo, que era por el grado de peligrosidad que representaba.

Fue alrededor de las seis y media que abordamos una camioneta con seis policías judiciales de la PGR, entre ellos dos mujeres que pidieron me sentara en el asiento de enmedio para así quedar rodeada. Emprendimos el viaje acompañados de cinco camionetas más, todas con policías armados también de la PGR. Cuando llegamos se abrieron dos rejas gigantes que dieron paso sólo a la camioneta en la que iba. Fui la última en descebajar y ya me estaban esperando dos custodias vestidas de hombre, con traje y corbata, altas, fornidas, frías, acostumbradas a maltratar a las personas. Me tomaron por los brazos fuertemente una de cada lado. No caminaba pues mis pies apenas tocaban el suelo. Me llevaron a una sala donde se realizaría la audiencia. Mil pensamientos cruzaron por mi mente, llegué a temer que se me fuera a recibir como interna en ese lugar.

Nadie me decía qué hacía yo en Almoloya o por qué me encontraba ahí. La sala estaba desierta, los minutos me parecían eternos y no podía respirar no sé si por nervios o por el ambiente tan agresivo que contemplaba. Me intimidaba ver a unos enormes perros con bozal que a cualquier movimiento reaccionaban agresivos. Era impresionante ver a los guardias tan armados e inexpresivos. Era todo tan frío e indiferente que me dio la impresión de ni siquiera existir. Quise dar un pequeño respiro en otro lugar y me acerqué a la custodia para decirle que quería ir al baño, pero ella, dando un áspero grito, me ordenó: "No se dirija a mí. Espere y espere".

Empezaron a llegar abogados y gente del Ministerio Pú-

179

blico y no sé en que instante entraron algunos miembros de la familia Salinas. De pronto la sala se llenó de gente. Pude observar que detrás de las rejas estaba Raúl; tres o cuatro minutos después de que entrara, el juez dio comienzo a la audiencia. Todos estaban de pie y en profundo silencio, sólo la voz del juez retumbó para decir que me pusieran una silla frente a Raúl. Luego me comunicó que se trataba de un careo solicitado por la defensa de Raúl Salinas de Gortari. Se leyeron las declaraciones de ambos; yo no escuchaba, parecía que estaba perdida, no podía ver ni oir con claridad lo que ocurría.

La lectura de las declaraciones duró más de tres horas y media. Al terminar, el juez le cedió la palabra a Raúl. Por demás está decirles todo lo que tuvo la oportunidad de decir con su crueldad hipócrita e inhumana con referencia a mi persona. Después de más de tres horas no creía posible que ese ser fuera el hombre que un día conocí. Tampoco podía creer la novela que había inventado con mentiras y expresaba como verdad. Lo negaba todo al grado de desconocerme como compañera de una época de su vida y de flagelar cuanto se le ocurría acerca de mí. Nunca se dirigió a mí por mi nombre, siempre me dijo "la careada", cuando él, en otros tiempos, decía que pronunciar mi nombre le daba la vida misma.

Cuando por fin se me dio la palabra recuerdo que le dije: "Raúl, has tardado más de dos años para acumular el suficiente valor y buscar la fuerza de tus mentiras para poder negar la verdad. Has tardado dos años en prepararte para tener un careo conmigo; has tenido dos años para estudiar esto y no me extraña porque tú eres un profesional de la mentira, eres un cínico. Puedes seguir buscando justificantes vanos a tus malos actos, pero lo cierto es que no los hay pues yo, María, estoy aquí. Podrás engañar al señor juez y a los que se quieran dejar engañar, pero a tu

180

conciencia jamás. Mi única pregunta es ¿por qué después de dos años, cuando pudiste desmentirme desde el primer día que yo dije esta verdad? ¿Sabes por qué, Raúl? Porque no podías. Sabes bien que jamás he mentido y no tengo resentimientos ni odio alguno en mi corazón hacia ti".

"Señor juez, Raúl dice que no estuvo en mi casa el día 26 de agosto de 1994, claro que sí estuvo y me confesó lo que me confesó. Raúl, dices que tu cuñado era muy bueno, por supuesto que era muy bueno, eso nadie lo pone en duda, pero lo que sí me consta es lo que me dijiste de tu cuñado, que lo ibas a mandar matar y lo hiciste. Entiéndelo, eso es lo único que yo sé. Todo lo que digas lo vas a decir porque te conviene que el señor juez escuche tus hábiles argumentos."

En los recesos escuchaba que los periodistas hablaban de Raúl y de su actuación tan poco convincente y aburrida. Los policías me decían "trágatelo", y las custodias me animaban con las palabras "no te dejes". La mayoría de los asistentes empezó a cambiar su actitud conmigo, empezó a apoyarme y a comportarse de una manera más humana, sabiendo que la que decía la verdad era yo.

La audiencia duró dieciséis horas porque después del careo Raúl me hizo muchísimas preguntas, no sé la razón por la que se lo permitieron pero creo que con sus cuestionamientos quería a toda costa involucrarme con funcionarios de la PGR, para que creyeran que la Procuraduría me había sobornado para mentir. Tuve que demostrar con nombres y direcciones, que después fueron investigados, que me había sostenido con un trabajo honesto que permitió solventar los gastos de mi casa. Jamás recibí dinero alguno de nadie y tan es así que al juzgarme no se me encontró culpable de ello. Cuando por fin terminó la audiencia y se firmaron las actas eran como las cuatro de la madrugada. Es-

181

taba cansada y maltrecha tanto física como moralmente por la dureza de la audiencia.

Mi regreso fue más relajado, ya no existía la presión del día anterior, sin embargo no tenía hambre a pesar de casi no haber comido nada. Me reconfortaba ver y oir a mis custodias policías que me hacían bromas y hablaban sobre el regreso al Reclusorio Femenil. Al llegar me despedí de ellas con tristeza pues había recibido sus palabras afectuosas cuando más las necesitaba, después de haber pasado por un trago tan amargo y tan injusto. Desde entonces ya no fueron las mismas que había conocido, ahora las sentía más humanas, y jamás olvidaré que me tendieron su mano amiga y me hicieron sentir como si regresara a casa.

Mis compañeras me esperaban despiertas pues estaban preocupadas por mí. También ése fue un gesto de hermandad y de cariño que alivió mi dolor y me hizo recordar la bondad del ser humano en los momentos más difíciles. También, con más calma, pude reflexionar que si nunca hubiera encarado a Raúl, definitivamente, hubiera dejado de ser María Bernal para convertirme en uno de esos seres serviles y sin escrúpulos como lo han sido y serán, por nombrar algunos, Paulina Castañón, Ofelia Calvo, Patricia Zurita y los amigos y los abogados que lo defienden con tanto interés.

Y continuó mi vida en el reclusorio

A los pocos días del careo con Raúl, para ser más precisos el primero de abril de 1997, me sometieron a un interrogatorio en relación con el enriquecimiento ilícito de Raúl con la señora Carla del Ponte, la cual fue directamente al reclusorio para realizar dicho interrogatorio, otros licenciados como Ismael Eslava y Ramos Rivera, acudían de manera cotidiana. El ir y venir de juzgado en juzgado, de audiencia tras audiencia, en donde se me señalaba como cómplice y encubridora y se me hacían imputaciones injustas y sin argumento mantenían desesperanzada mi lucha contra la injusticia.

Peor me sentí cuando en el Juzgado 16 de lo penal me comunicaron que aunque tenía derecho a libertad, éste se me volvía a negar porque el Ministerio Público me consideraba peligrosa para la sociedad. Fue entonces que vi claramente que el camino de la libertad estaba muy lejos y me propuse vivir aquello como una enseñanza que me haría crecer de manera positiva. Todas las mañanas esperaba a mi abogado para conocer las noticias que me traía, y aunque por lo regular eran malas, no perdía la fe en que paso a paso encontraría por fin la ansiada libertad.

Una de las primeras personas que se acercó a mí devolviéndome la dignidad humana fue la propia directora del Reclusorio Femenil Oriente, Edith Pacheco. Un día, como a las tres de la tarde, pidió que se abrieran las rejas de nuestras infames celdas para hablar con todas nosotras. Sus palabras fueron amables y en esos momentos significaron un bálsamo de paz y esperanzas, ya que nos dijo que nuestra conducta había sido muy diferente a los informes malintencionados que se le proporcionaron. Luego pidió que comprendiéramos su situación y el papel que representaba en esa institución; continuó diciendo que sabía que éramos gente de bien y que no merecíamos el trato que se nos había dado y que hasta donde fuera posible trataría de que nuestra estancia fuera un poco más cómoda.

Al final comentó que esa injusticia que se había cometido con nosotras sería rectificada, pues a su parecer ninguna debería estar en ese sitio ni vivir lo que habíamos vivido hasta ese día. Desde entonces se nos permitió tener la reja abierta durante el día y compartir los alimentos en una mesa con cinco sillas, así como poder pasear en un pequeño patio y recibir un poco de aire y el calor de los rayos del sol. También se nos permitieron visitas controladas de nuestros más cercanos familiares. El apoyo moral de esa mujer significó una gran enseñanza para mí, sobre todo porque, con el tiempo, me llegó a conocer como pocas personas y entendió que no es la ambición ni la codicia de los bienes materiales lo que vive en mí.

Busqué la forma de seguir viviendo sin renunciar a mis ideales. Fue una lucha sin tregua ni descanso y con trabajo y ejemplo llegué a ganarme el respeto de la mayoría de los profesionales, maestros, custodios y reclusas que habitaban el reclusorio. Por la buena conducta demostrada me dieron el privilegio de trabajar en lo que más me gustaba; así elegí las artes plásticas, donde gané el primer lugar en dibujo en una competencia que se organizó entre varios reclusorios. Fue la primera alegría que tuve entre tanta tristeza y nostalgia, y fue también una luz de esperanza que alentó mis días.

Por fin un día se nos permitió salir al patio central a caminar y convivir con las mujeres que ingresaban por poco tiempo. Después de meses pude conocer el lugar donde me encontraba y el movimiento que ahí se tenía, los privilegios de algunas, los malos tratos y la corrupción. Mi vida dentro del reclusorio transcurría en una tranquilidad monótona ya familiar: los gritos para el llamado a desayunar, el baño con agua fría, el trabajo en la biblioteca o en el gimnasio y las incontables visitas de las custodias a las celdas de Francisca y Patricia Zetina. Les solicitaban lecturas de tarot, cartas astrales y limpias, así como también el trabajo de costura para confeccionar trajes para todas ellas, pues les encantaba nuestra excelente manera de realizar cualquier tipo de prenda.

Ahí conocí a mujeres que purgaban una condena de cincuenta años, personas que nunca me atreví a juzgar y que por su inexperiencia se dejaron llevar por el lado oscuro que les presentó la vida. Siempre quise de todo corazón que algún día pudieran valorar otra vez la libertad y tener una segunda oportunidad para demostrar que, como seres humanos, tenemos derecho a volver a empezar con una nueva alma y corazón. También traté con personas que se acercaban a mí por morbosidad o por malevolencia, pero sin embargo, nunca tuve ningún altercado porque sabía protegerme sin agresiones. De todas las mujeres que tuve la oportunidad de conocer una de ellas me llamó poderosamente la atención por su maravilloso espíritu.

Era una mujer de 94 años y verla tan desamparada, sin una mano amiga que le diera un apoyo hizo que me olvidara de mi propio dolor. El consolarla y darle lo más indispensable resultó una gran satisfacción, pues me dio la oportunidad de dar y recibir sin importar el lugar que ocupemos en esta tierra. Además, a pesar de su edad y de saber que terminaría sus días tras las rejas, no se abandonaba a la muerte. Ese amor por la vida fue el mejor ejemplo para fortalecer mi espíritu y la confianza que sentía en que algún día la verdad brillaría.

Tenía mi propio mundo que giraba alrededor de los libros, la música y algunas amistades. Me aislaba, en ocasiones no quería escuchar a nadie ni hablar con nadie. Era una manera de defenderme, sobre todo, de las lesbianas, pues aunque respetaba su diferencia, no dejaban de decirme piropos o a veces llegaban a ser realmente agresivas. Lo que me salvaba era mi buena relación con las custodias ya que sólo ellas podían impedir que me hicieran algún daño.

En todo ese tiempo y hasta hoy día mi mejor amiga fue Patricia Zetina, quien, como yo, es una persona sensible que sabe dar consuelo a quienes se acercan a pedirlo. Con ella compartí mis

185

mejores y peores momentos, pero el hecho de estar juntas nos infundía el valor y la seguridad de jamás perder la esperanza de caminar no tan sólo en ese pedacito de cielo que nos parecía tan inmenso en nuestro cautiverio. Ella se convirtió en mi hermana, una hermana muy inteligente y generosa, dispuesta a auxiliarme cuando lo necesitaba, con cariño y respeto.

Me acuerdo que Patricia me ayudaba a contestar las cartas de personas, casi siempre del interior de la república y de Estados Unidos, la mayoría hombres, que me apoyaban en esta amarga experiencia. En verdad resultaron alentadoras todas y cada una de sus palabras. En algunas de las cartas se me aconsejaba leer determinados libros, a veces de temas religiosos, o ver películas que me levantaran el ánimo. Pero lo más hermoso era el ofrecimiento de que al salir podía tomar su casa por estancia. Nunca supe si mis cartas de respuesta llegaron a su destino pero quiero decirles que jamás dejaré de darles las gracias desde el fondo de mi corazón.

MI LIBERTAD

Después de haber vivido lo que nunca imaginé, luego de aquilatar y valorar la libertad tanto física como moralmente, se abrieron de nuevo las rejas que me habían tenido cautiva. Siempre tuve la certeza de que la maldad no triunfaría sobre la verdad. Fueron meses extenuantes pero cada día desperté con la fe palpable que me daba el estar viva. El miedo no me venció en ningún momento, no tenía duda que si esas rejas se abrían sería para darme la libertad y que no habría poder humano que me regresara a prisión. Me embargaba la confianza que sienten aquellos que se saben inocentes, y reinaba en mí.

No albergué rencores ni deseos malsanos de venganza. El encierro me enseñó todavía más el lado humano de todos nosotros, que, como seres humanos, tenemos fallas y defectos, y que es precisamente eso lo que nos hace comprender las equivocaciones de la ley que nos rige. Muy bien comprendí esa equivocación porque confirmé que su procedencia eran el odio y la venganza.

Un día, a las seis de la tarde, Edith Pacheco, directora del reclusorio y mujer de gran calidad humana, me comunicó que le acababan de notificar mi libertad: "La felicito, porque tiene mucha gente a su lado que la estima y la respalda, como esta familia que no ha dudado en dar su nombre y apellidos por usted y acogerla en su hogar. Me ha llenado de emoción. Le deseo suerte".

Salí del Reclusorio Femenil Oriente y fui trasladada directamente a la Secretaría de Gobernación: el permiso de mi estancia en este país se había vencido y tenía que esperar a que se me entregara una prórroga de estancia legal, pues desde mi llegada a México jamás quebranté ley alguna. La prórroga exigía el respaldo de una familia solvente, de valor cívico y moral, que apoyara mi libertad. El trámite se prolongó debido a los ritmos de la burocracia; se me exigía toda clase de documentación avalada por una promesa de no salir del país, ya que aún quedaban pendientes los procesos en los cuales tenía que estar presente.

De esa familia tan especial que dio la cara por mí he recibido toda la protección y el cariño como si fuera parte de ella. Más que sentirme en deuda moral con ellos queda un vínculo de respeto y admiración por la capacidad que tuvieron todos de brindarme con sinceridad su bondad sin pedir nada a cambio. Por el amor que siento hacia esa familia y por razones de seguridad, mantengo el anonimato de esas personas.

Aunque de madrugada todos me esperaban en ese hogar con abrazos y felicitaciones. Al fin el tiempo era mi tiempo; atrás empezaron a quedar los malos recuerdos que compensaron la alegría y el afecto de aquellos que, sin tener ningún vínculo familiar conmigo, me hacían sentir que yo era uno de ellos. El teléfono no dejaba de sonar, tantos eran los que ansiaban mi libertad que no podía dejar de atender sus llamados. Por supuesto que antes de marcharme a descansar les hablé a mis padres para darles la buena noticia.

Pasaron los días y, a pesar de que proseguían los trámites en los juzgados, una gran serenidad y paciencia me hicieron sentir segura de mí misma y pensar, como siempre, en que el presente que estaba viviendo marcaría mi futuro. Nunca he sentido vergüenza alguna, y cuando comprendí que se me juzgaría con crueldad,

188

hasta en esos momentos difíciles mi sentido de responsabilidad me dio la calma de saberme inocente.

Sentía un gran alivio y agradecí a los jueces y magistrados que me devolvieron la libertad, con la confianza ellos de haberme investigado y juzgado con toda conciencia para que esas rejas se abrieran para mí. Creo que eso, de alguna manera, reafirmó mis convicciones de tener el derecho, como cualquier persona, de pensar en un futuro, con la autonomía que un día, por caprichos ajenos del poder, "dejé" ensombrecer.

La vida proseguía; ahora me tocaba vivir otra etapa de mi historia. Creo y considero que todo lo que pasó me ha servido para entender que el don más preciado es la propia vida, y que si la vivimos procurando respetar a los demás no hay justicia que sea injusta al juzgarnos. Ése fue mi caso, estoy segura, y, por fortuna, mil brazos de amigos, hermanos y familiares me ofrecieron su ayuda para resurgir por cariño, por amor, a una vida sana de trabajo.

Sería mi propio esfuerzo el que el día de mañana daría los propios frutos. Ahora eran todos aquellos que creyeron en mí a los que les respondería con la misma confianza que depositaban en María Bernal. Transcurrieron los meses y me integré como una más de ellos en la tarea. Las alegrías que me esperaban me hacían sentir feliz y la llegada de mis padres, mi hija y mis hermanos me llenaron de una inmensa paz. Por fin los podía ver a todos. Pero lo más hermoso de todo fue ver a mi hija convertida en casi una adolescente. No me cansaba de abrazarla y besarla. El ver sus enormes y hermosos ojos azules tan limpios y transparentes me hizo prometerme a mí misma jamás volver a caer en el chantaje, ni el miedo, que me llevó a ser utilizada y traicionada por personas egoístas que nunca han sabido valorar el sentimiento del amor.

Fue fácil destrozar la virtud del nombre que llevó una mujer, y más cuando el propósito que los guió nació de la maldad de

189

un hombre a quien distingue la mezquindad del poder. En efecto, mi nombre fue vilipendiado y se manejó con bajos propósitos; pero jamás ese nombre podrá ser aniquilado porque yo sigo de pie y represento como género humano a la mujer que, sin justificante, quiso amar y amó. ¿Quién no se ha visto perdida en el dulce ensueño del amor, ése que nos esclaviza haciéndonos débiles y vulnerables, ciegos y sordos ante toda conciencia, que inútilmente hace llamados a la razón?

Imposible es ir contra nosotros mismos. Yo he sabido lo que es esa esclavitud y puedo decir que jamás me perdí flagelando ese sentimiento con celos o despechos de soberbia. Tuve la serenidad suficiente o necesaria de esperar a que el tiempo sabio trajera a mí el bálsamo de paz y serenidad anhelado, que me da y me dará como madre todo para que en el futuro sea válida la experiencia de lo vivido y pueda guiar a mi hija comprendiendo y aceptando las vanas justificaciones de la inexperiencia de la vida.

Amo a este país tanto como al mío pero he aprendido, a través de la oportunidad que me ha dado la vida, a plasmar, por medio del sentimiento, lo que es la esencia de la filosofía que lleva cada uno de nosotros. Siento, pienso, que esa esencia emana de la conciencia de que hay algo tenue y frágil pero al mismo tiempo tan fuerte y poderoso que no puede ser completamente terrenal, y que es sólo al conjunto de nuestra esencia y conciencia como se puede revelar la filosofía humana.

Hoy en día María Bernal está enamorada de la vida. Ama la vida que le ha dado esa conciencia que aquilata, que da el valor absoluto al ser humano y que no es otra cosa que la esencia de esa mente universal que todo lo gobierna en perfección, que se alcanza por esencia en evolución. Todo aquel que tenga esa conciencia puede decir que conoce la resurrección.

Aprendí a escuchar en el silencio, a ver a través de la oscuri-

190

dad. Puedo decirles a todos ustedes que nunca estuve realmente sola y que el silencio de esa dimensión que me aprisionaba jamás me engañó, ni me escondí a mi realidad como esos espíritus ignorantes, adoloridos o viciosos que gobiernan al ser humano en sus miedos y temores haciéndolos débiles para que no puedan tocar la esperanza que yo en ningún momento perdí.

Como mujer y madre tengo toda la capacidad de amar a mi hija pero también la responsabilidad que me ha dado la vida por medio de la experiencia no para negarle el derecho de vivir con libertad la propia, pero sí para aconsejarle sintiéndome segura de haber sembrado en ella buenos principios morales y haberla educado en el respeto hacia todo aquello que le rodea. Y seguiré confiando en la nobleza que, por sí misma, expresa en el respeto, alerta de saber lo que es bueno y lo que es malo.

Como hija doy a mis padres las gracias por el milagro de la vida que me formó aquí en la tierra y su don de amor que siempre ha respetado mi autonomía con fe y credibilidad en educación y conciencia. Me esforzaré para que ellos vivan con el regocijo con el cual me recibieron en mi nacimiento. Como hermana amo y amaré a los míos como a mi propia sangre, con esa fuerza, con esa energía de dar la mano amiga en consuelo y ayuda, y me integraré sabiéndome parte fundamental y formando lo más hermoso que tiene la sociedad como núcleo: la familia.

El final de Raúl Salinas en mi vida

Se preguntarán por qué María Bernal, que habla de conciencia filosófica, llegó hasta esta hermosa tierra y se vio envuelta en la vorágine de los Salinas. Sólo puedo decir que todo lo sucedido en mi vida con Raúl se ha ido. Fue circunstancial; creo que nadie escapa a su destino y mucho menos a su conciencia. Mi realidad

191

fue siempre la misma. Jamás el mar tocará el cielo pero esto no impide que algún poeta lo exprese en paradójica ilusión. Así defino mi relación con Raúl.

No hay reproches, pues jamás albergué despecho alguno, sólo me aparté de Raúl defendiendo y protegiendo la inocencia por la cual un día se me encadenó alevosamente creyendo que sería capaz de olvidarme de la gratitud y respeto que debo a este país que me abrió los brazos con total desinterés. No podía fallarle porque sería esclava eterna de la mentira que, en mi opinión, al final termina devorándose a sí misma en la paradoja de la confusión y el engaño.

Siento que he aprendido a aceptarme tal cual soy y a definir cualquier sentimiento en mí. Las palabras nos ayudan a expresar los sentimientos pero son sólo palabras cuando no nacen del corazón para expresarlas, para proyectar en ellas lo que somos realmente. El amor ha estado en mí y ha sido doloroso porque ha sido dado a otra persona. He aprendido a conocerle sin temor alguno en todas sus expresiones, y lo que puedo decir es que ese sentimiento es tan fuerte que perdemos la capacidad de pensar y nos convertimos en puro instinto. Sólo a través del sabio tiempo que todo lo ordena llega a nosotros la tranquilidad como un consuelo.

Sin embargo, cuando despertamos del ensueño nos queda la fría e implacable realidad que se llama nada y es ahí donde surge y comienza la eterna lucha de saber lo que es la luz y lo que es la oscuridad. Para mí ha sido importante tener a mi lado esa familia especial, esos brazos amigos, esos consejos que me ha dado la prudencia de no perderme en la soberbia de la venganza.

No me juzguen sin ser escuchada

Estuve al lado de Raúl Salinas todo el tiempo que quise. Lo amé aceptando la mezquina vanidad que le ha caracterizado siempre como persona; nunca dejé de ver el gran oceano que nos separaba.

Al desear y pedir mi libertad lejos de Raúl lo hice sabiendo que en mí no había ya ningún otro sentimiento que diera paso a venganzas o revanchas inútiles. Me aparté de él sin sentir nada, viéndolo sin ningún sentimiento que me pudiera atar a su vida futura. No le debo justificación alguna pues él es responsable de sus actos, sin embargo, sé, como siempre, que juzgamos sintiendo y pensando por los demás y solemos ser jueces implacables. Les pido que no piensen por mí ni me juzguen sin haberme escuchado. Sé que de los millones de seres que habitamos esta tierra a mí me hubiera gustado ser uno más, anónimo, pero no fue así.

Quizá lo que me pasó tenía que ser así, y hoy en día valoro el privilegio que se me dio porque de todos esos millones de seres fui yo a la que se le otorgó la oportunidad de defender y formar su propio destino, basado en esos pilares que como dos columnas fuertes y seguras me han sostenido: mis padres. Ha sido fácil para mí caminar según su enseñanza, pero ¿quién no ha cometido errores? Sé que es vana esa justificación, pues creo que lo vivido es valioso y me ha dado un crecimiento personal y con respecto a mis semejantes. Ésta es la razón por la que hoy sigo en pie viviendo y evolucionando con satisfacción y alegría en la vida. Y así seguiré.

Creo que sí es difícil vivir con los demás descartando la mentira, ya que nosotros, como fruto de la naturaleza, somos contradictorios, seres tenues y frágiles perdidos en la ilusión y fantasía escondiendo la verdad, pero también, por ser conscientes, apar-

193

tamos prudentemente la mentira para no perdernos rompiendo el orden de limpieza y honestidad. Esa verdad vive en mí y haré todo lo posible para que por mil escollos que encuentre en el camino pueda apartarla aun con dolorosas experiencias, pues a pesar de todo lo pasado no perdí jamás mi autonomía y nunca actué mal. He esperado con paciencia a que el tiempo, siempre el sabio tiempo, nos responda implacable en su designio.

Mi verdadera libertad

Mi libertad la he tenido siempre. Libertad y derecho de vida, derecho y libertad de expresión, derecho y libertad de autonomía, de ser yo misma, de no tener nada malo en la conciencia que me impide vivir y convivir. He sentido lo violento de la amenaza que trató de atarme con el miedo y los sentimientos mezquinos orillándome a perder la verdadera libertad. La seguridad con la que he caminado me la ha dado el poder ver mi pasado y a todos aquellos que han vivido en él. Son un ejemplo del que me he podido asir en mi presente, y he proyectado con lágrimas y dolor pagando anticipadamente mi acierto moral, mi futuro, hechos y acciones que, aunque dolorosos, he sido capaz de superar.

Mi vida se ha dividido entre España y México. Nací en España, renací en México. Y digo renací porque fue aquí, en esta gran nación donde he aprendido que cualquier palabra que se use no es tan audaz o descabellada.

Creo que mi llegada a México no es obra de la casualidad, siento que así estaba escrito en mi destino. ¿Cómo no sentirme agradecida con la vida misma, que me ha dado la oportunidad de rencontrar las antiguas raíces que pocos españoles podemos ver y palpar en la historia de esta hermosa cultura que ha formado a México? Nunca me he sentido extranjera, porque al conocer es-

194

tas raíces conozco las mías. Somos un mismo pueblo, somos unión de un mismo propósito de hermandad, de esa hermandad que no tiene fronteras y que en cada uno de los mexicanos se manifiesta abriendo amistosamente los brazos a todo aquel que llega a esta tierra, acogiéndolo con hospitalidad, sin racismo alguno ni diferencia social.

No busco un paréntesis en mi vida, sino todo lo contrario. Hay seguridad en mí porque vivo con la tranquilidad que he ganado en tiempos pasados y que se manifiesta en mi futuro. Se dice fácilmente y también lo vivo de igual forma, y espero se siga manifestando así. Creo que disfruto de todo mi tiempo, pues he recuperado la alegría que se esfumó con lágrimas y sufrimiento.

Es poco lo que puedo decir del presente ya que el tiempo es corto en mi pasado; planes, sueños, no los tengo, pues creo que será el mismo tiempo el que marcará mis pasos a seguir. Soy feliz y para expresar esa felicidad renuncio a las lágrimas que se derraman por soberbia y hasta por vanidad. He aprendido lo sencillo que es vivir aceptándonos tal cual somos; y que somos nosotros mismos los que ocasionamos el caos en nuestra existencia por el simple hecho de no entender el perfecto propósito de la vida y que es sencillamente amarte, amarte con toda conciencia a ti mismo para que con ese amor sepas amar a los demás, porque si no te amas y no te entiendes, no puedes ser capaz de dar nada a los demás en respeto de su libre albedrío.

Mi presente

Hoy todos mis pensamientos y acciones son positivos, como siempre lo fueron, con la diferencia de que hoy vivo una filosofía y la disfruto y comparto con todos los que me rodean en el trabajo, en el hogar, con mis amigos y mi familia. Gozo y valoro el tener estos cinco sentidos que, como ángeles guardianes, me hacen vivir tocando la naturaleza que me envuelve en felicidad y que paladeo intensamente en su agridulce sabor. Camino despreocupada del futuro, pues creo que es muy corto el tiempo pero lo vivo como quiero vivirlo, libre, rebelde, segura de ser yo misma y riendo de todo lo vivido en el pasado.

Hago planes del presente sin pensar en el futuro, ya que el futuro lo marca o lo hace mi presente. Mis pies pisan la tierra, soy realista, jamás me ha espantado mi independencia. Soy amigable, alegre, romántica y enojona, pero en mis acciones siempre soy tolerante. Me gusta la sencillez y llamarle a todo claramente por su nombre. Amo mis ratos de soledad en los que disfruto del baile flamenco, pues tengo muy presentes mis raíces. No dejo que me invada la nostalgia porque tengo amor de más y eso lo agradezco infinitamente.

EPÍLOGO

Una breve despedida desde mi corazón

No va haber adiós, mi palabra no descansará, pues para mí ha sido un gozo único darme a conocer a través de estas páginas. Darme a conocer a ustedes, pueblo mexicano, que, por azares del destino, conocí con admiración y respeto como gran nación y entendiendo la libertad que los distingue, no con fronteras, sino en verdadera amplitud de pensamiento, palabra y sentimiento.

Un día llegué a México sin imaginar que les amaría tanto, pues entre ustedes encontré la verdadera conciencia que me hace llamarme María Bernal. Tengo tanto que agradecer que no me alcanzarían las páginas para expresarlo, lo que sí les puedo decir es que por más que el temor llegue a mí, aconsejándome que me pierda en la comodidad de la mentira, volvería a beber la amargura del cáliz, pero siempre honesta y sin traicionar a esta tierra bendita en la cual he vivido con tanta intensidad.

Sé que todo lo que ocurrió ha sido circunstancial, como todo en la vida, con sonrisas y lágrimas, como siempre que se busca del amor, y eso es lo más importante.

Yo no he sido la excepción y fue en mi tierra en donde un día vi a un mendigo que, con desesperanza, me pedía ayuda. Yo

197

le di mi mano amiga sin condición alguna para que se apoyara en ella. Pero hoy sigue siendo un mendigo.

ÍNDICE DE NOMBRES

199

Raúl Salinas y yo,
escrito por María Bernal,
nos enseña que nuestros padres
tienen razón:
no hables con extraños.
La edición de esta obra fue compuesta
en fuente newbaskerville y formada en 12:14.
Fue impresa en este mes de julio de 2000
en los talleres de Editores, Impresores Fernández, S.A. de C.V.,
que se localizan en la calle de Retorno 7-D Sur 20 núm. 23,
colonia Agrícola Oriental, en la ciudad de México, D.F.
La encuadernación de los ejemplares se hizo
en los mismos talleres.